LES CHRÉTIENS
***

MAX GALLO

Les Chrétiens

***

La Croisade du Moine

FAYARD

« Connais ta propre mesure. Tu ne dois ni t'abaisser, ni te grandir, ni t'échapper, ni te répandre. Si tu veux conserver la mesure, tiens-toi au centre. Le centre est un lieu sûr ; c'est le siège de la mesure, et la mesure est la vertu. [...]

« Avance donc avec précaution dans cette considération de toi-même. Sois envers toi intransigeant. Évite, lorsqu'il s'agit de toi, l'excès de complaisance et d'indulgence... »

Saint BERNARD, *La Considération*.

« Veillons à ce que le Seigneur habite en chacun de nous d'abord, et ensuite en nous tous ensemble : Il ne se refusera ni aux personnes, ni à leur universalité.

« Que chacun donc s'efforce d'abord à n'être pas en dissidence avec lui-même. »

Saint BERNARD,
Sermon de la dédicace.

« Saint Bernard était assurément un colosse ; était-il un homme de cœur ? »

Charles de GAULLE,
in André MALRAUX,
Les chênes qu'on abat.

Prologue

« Bernard pensait acquérir le meilleur en méditant et en priant dans les
forêts et dans les champs, et n'avoir en
cela nul maître, sinon les chênes et les
hêtres. »

Guillaume de SAINT-THIERRY,
Vie de Bernard de Clairvaux.

Je le sais, Seigneur, ma vie en ce monde s'achève.

Je ne suis déjà plus Bernard, abbé de Clairvaux, qui connut les rois Louis VI et Louis VII, l'empereur Conrad III, et qui fut familier des papes Honorius II, Innocent II et Eugène III.

Je ne suis plus celui qui, de la terre noire des forêts, fit surgir les murs blancs de plus de cent cinquante abbayes, filles et petites-filles de l'abbaye mère de Clairvaux, elle-même fille de l'abbaye de Cîteaux où, un jour de l'an 1112, année de mes vingt-deux ans, je frappai au portail pour être admis comme novice.

Je ne suis qu'un corps en ruine qui ne réussit plus à soulever ses bras et dont les jambes sont aussi lourdes que des colonnes brisées.

Je reste couché, mains croisées sur la poitrine, pour essayer de contenir cette douleur qui me dévore comme le feraient les flammes d'un bûcher.

Je croyais pourtant connaître la souffrance.

Car le feu, depuis que je crois en Toi, Seigneur, n'a jamais cessé de brûler dans ma gorge et mon ventre.

Peut-être as-Tu ainsi voulu que je n'oublie pas que

l'homme est fait de chair mortelle, et que je me souviennes de Ton martyre, et que, tenté de Te renier, je crie : « Seigneur, Seigneur, pourquoi m'as-Tu abandonné ? »

Mais je n'ai jamais douté de Toi, je Te suis resté fidèle.

J'ai dû souvent m'aliter, quitter même l'abbaye, me réfugier dans une cabane éloignée des bâtiments, semblable aux logis qu'on assigne aux lépreux dans les carrefours.

Je ne voulais pas que les moines, mes frères, m'entourent de leur compassion et de leurs soins.

Et puis, la maladie m'obligeait à ne pas respecter la règle de saint Benoît dont j'avais exigé qu'elle fût appliquée dans notre abbaye de Clairvaux.

Elle dit :

« L'oisiveté est l'ennemie de l'âme. Les frères doivent donc s'occuper un certain temps au travail des mains, en d'autres heures à la lecture divine… De Pâques jusqu'au début d'octobre, les frères sortiront dès le matin pour travailler à ce qui est nécessaire depuis la première heure du jour jusqu'à la quatrième environ. De la quatrième jusqu'à la sixième, ils s'adonneront à la lecture. Après la sixième heure, le repas pris, ils se reposeront sur leur lit dans un parfait silence… On dira none plus tôt, environ à la huitième heure et demie. Après quoi ils travailleront à ce qui est à faire jusqu'à vêpres. Si les frères sont obligés, par la nécessité ou la pauvreté, de travailler eux-mêmes aux récoltes, ils ne s'en attristeront pas : alors ils seront vraiment moines lorsqu'ils vivront du travail de leurs mains, comme nos pères et les apôtres. »

Comment aurais-je pu bêcher, émonder, en proie à une si vive souffrance, astreint au jeûne plusieurs jours durant, et si épuisé qu'il m'arrivait de ne pouvoir me plier aux obligations de la prière nocturne ?

Mais, Seigneur, même au plus extrême de la douleur, Tu m'as toujours laissé assez de forces pour convaincre.

Je me souviens de Guillaume, l'un de mes amis les plus proches, qui fut père de l'abbaye de Saint-Thierry, et qui, malade comme moi, vint s'allonger dans ma cellule pour que nous partagions comme le pain notre souffrance.

Ai-je jamais connu instants plus heureux ?

Nous étions tous deux immobilisés, et tout le jour se passait à nous entretenir de la nature spirituelle de l'âme et des remèdes qu'offrent les vertus contre ces maladies que sont les vices.

Guillaume me disait : « Le mal dont tu souffres concourt à mon propre bien. » C'est en parlant avec lui que j'oubliais le feu de ma douleur. Je lui lisais les Livres saints, lui expliquais le Cantique des cantiques.

Au bout de quelques jours, la souffrance n'était plus que braise, et je pouvais de nouveau agir, prêcher dans mon église de l'abbaye de Clairvaux, voyager, bâtir...

Je ne puis plus rien de tout cela.

Chaque mot que je prononce m'exténue.

Lorsque je veux ouvrir les yeux pour voir la pierre blanche et nue de ma cellule ou découvrir l'exubérance de l'été, il me faut rassembler toute mon énergie comme si j'essayais d'accomplir un exploit.

Mais la lumière m'éblouit vite, la fatigue m'écrase, et je baisse les paupières.

Ainsi Tu m'avertis, Seigneur, que je ne suis plus qu'une feuille jaunie que retient encore pour quelques instants son pétiole. Mais la sève ne m'irrigue plus.

Je ne T'implore pas, Seigneur.

Ma vie a été longue : soixante-trois années depuis ma naissance en 1090. Et je me souviens de ce qu'écrit saint Augustin quand il évoque ces générations d'hommes qui sont sur la terre comme les feuilles sur l'arbre. Ils se succèdent, les uns poussent tandis que d'autres meurent. La terre ne dépouille jamais son vert manteau, mais celui qui regarde sous les branches de cet arbre-là découvre qu'il marche sur un tapis de feuilles mortes.

Je vais devenir, quand Tu le décideras, Seigneur, partie de cet humus.

M'accorderas-Tu, avant que le vent ne m'arrache à la branche, le temps de parcourir ma vie par l'esprit ?

Me donneras-Tu assez de souffle pour que je puisse décrire ce que j'ai accompli depuis ce jour où, pour parler comme Job, Tu m'as secoué, saisi par la nuque, ployé sous Ta loi, où Tu as fait de moi Ta cible, me cernant de Tes traits, transperçant mes reins et ma poitrine ?

Me laisseras-Tu vivre ne serait-ce que ce mois d'août qui commence ?

J'aimerais pouvoir encore célébrer, en cette année 1153, ce quinzième jour d'août, celui de l'Assomption, quand les anges conduisent vers Toi la Vierge Marie que j'ai tant priée.

Je voudrais d'ici là que le brasier en moi se fasse moins ardent afin que je me sente en état de dicter à l'un de mes frères ce que fut la vie que Tu m'as donnée.

Peut-être, plus tard, d'autres à travers moi découvriront-ils Ta grandeur.

Laisse-moi parler Seigneur, c'est pour Ta gloire !

Même si je ne suis entre tes mains qu'une feuille qui tombe.

Sache, Seigneur, que je ne dissimulerai rien, en sorte que les générations futures apprennent autant de mes fautes que de mes œuvres.

Je leur parlerai avec humilité.

Je leur dirai que ce jour de 1112 où je suis devenu novice en l'abbaye de Cîteaux, la foi avait déjà été semée dans ce pays.

Il fallait encore labourer, arroser, veiller à chasser les oiseaux qui viennent prendre le grain dans son épi, ou les sangliers qui saccagent les récoltes, mais, depuis saint Martin, plus de sept siècles s'étaient écoulés et les idoles avaient été renversées jusque dans les villages les plus reculés.

On savait s'agenouiller devant Toi dans les huttes les plus humbles. Le roi Louis VI et son fils Louis VII reconnaissaient en Clovis, leur ancêtre, le premier souverain baptisé du royaume de France, et cela faisait déjà plus de six siècles que, dans la cathédrale de Reims, saint Remi avait marqué le front du roi franc de la croix sainte.

Je suis donc devenu moine de Cîteaux quand déjà les paysans, les comtes, les rois et les empereurs Te craignaient et T'honoraient.

J'ai connu des humbles et des puissants.

Contre l'avidité des rois et des empereurs, j'ai défendu le pouvoir du pape.

J'ai répété ces mots de l'un des plus grands, Grégoire VII, qui fit s'humilier, treize ans avant que je ne vienne au monde, l'empereur Henri IV devant lui à Canossa : « Le pape est le seul homme dont tous les princes baisent les pieds. Il lui est permis de déposer les empereurs ; il ne doit être jugé par personne. »

Je T'ai donc servi.

J'ai créé des abbayes filles de celle de Cîteaux ; la première naquit au cœur de la forêt de Clairvaux, et je devins son abbé dès 1115 ; j'étais alors si jeune : vingt-cinq ans à peine !

Avec Ton aide, Seigneur, j'ai fait respecter la règle

par tous ceux qui m'avaient suivi. Et j'ai fait lire chaque jour les préceptes de la vie monastique tels que saint Benoît les a dictés.

J'ai vécu dans le pouvoir que me conférait ma fonction d'abbé, mais aussi dans l'humilité et dans la souffrance du corps.

Et peut-être as-Tu allumé ce bûcher dans ma poitrine et mon ventre pour que je me sente plus humble que le plus humble des lépreux.

J'ai répété ce que dit saint Benoît :

« Que le moine manifeste sans cesse son humilité jusque dans son corps, autrement dit qu'à l'œuvre de Dieu à l'oratoire, au monastère, au jardin, en voyage, aux champs, partout, qu'il soit assis, en marche ou debout, il ait sans cesse la tête inclinée, le regard fixé au sol, et, se croyant à tout instant coupable de ses péchés, il croie déjà comparaître au terrible jugement en se disant sans cesse dans son cœur : "Seigneur, je ne suis pas digne, pécheur que je suis, de lever les yeux vers le ciel !" »

Et dans mes sermons j'ai dit aux moines dont je voyais les têtes tonsurées, les épaules courbées, serrées dans leur tunique blanche :

« *Élevez-vous par l'humilité ! Telle est la voie, il n'y en a pas d'autre. Qui cherche à progresser autrement tombe plus vite qu'il ne monte. Seule l'humilité exalte, seule elle conduit à la vie !* »

Je n'ai jamais oublié cette règle, ni cru que Ta victoire, Seigneur, était acquise, qu'il suffirait de regarder pousser les blés semés par les martyrs sur le sol de Gaule par saint Martin, l'évangélisateur, par Clovis, le roi baptisé, et par tous ceux qui, en sept siècles, précédèrent le moment de mon entrée à l'abbaye de Cîteaux.

J'ai toujours su, Seigneur, que la moisson était menacée, qu'il fallait continuer de défricher de nouvelles clairières, d'ouvrir dans la forêt les chemins de Ta foi.

J'ai combattu Tes ennemis.

Les infidèles étaient venus en 732 jusqu'à Poitiers. Ils régnaient sur le tombeau du Christ à Jérusalem depuis 638.

J'ai prié pour que les croisés qui avaient libéré la Sainte Ville en 1099 — j'avais neuf ans — soient assez valeureux pour repousser les assauts de ces multitudes qui venaient battre les murailles des cités chrétiennes.

Tu m'as donné la force de prêcher la deuxième croisade au nom du pape Eugène III qui avait été l'un de mes moines. À Vézelay, le 31 mars 1146, j'ai ouvert la bouche, j'ai parlé et les croisés se sont aussitôt multipliés à l'infini.

J'ai combattu aussi, parmi ceux qui se prétendaient tes fidèles, les moines sans règle, les abbés sans discipline, n'ayant de religieux que le nom et l'habit, tous ceux qui cachaient, sous les apparences de Jean-Baptiste, l'orgueil d'Hérode, et qui voulaient comprendre par la raison humaine tout ce qu'est Dieu.

Grâce à Toi et devant Toi, Seigneur, j'ai fait plier ainsi le faux pape Anaclet II et le moine Pierre Abélard, profane qui pervertissait ses disciples.

Si Tu me laisses encore un peu de souffle pour parler durant ce mois d'août — celui de la Vierge et celui, j'en suis sûr, de ma mort —, je ne dirai pas seulement mes combats, mais aussi mes souffrances, mes défaites, les accusations proférées contre moi.

Car on ne m'a pas épargné ! On m'a crié : « Un homme ne peut en condamner un autre pour un délit semblable à celui qu'il a commis lui-même. C'est là pourtant ce que tu as fait, Bernard, et ta conduite est à la fois pleine d'imprudence et d'impudence ! Abélard s'est trompé, dis-tu ? Soit. Toi, pourquoi t'es-tu trompé ? Sciemment, ou sans le savoir ? Si tu t'es trompé sciemment, tu es l'ennemi de l'Église, la chose est claire. Si tu t'es trompé sans le savoir, comment serais-tu le défenseur de l'Église, quand tes yeux ne savent pas distinguer l'erreur ? »

Voilà ce qu'on m'a dit, Seigneur !

Et l'on m'a fait endosser bien des fautes.

Quand les croisés se sont égarés sur les routes de Jérusalem et ont perdu des batailles, on a dit que j'étais responsable de leurs errances et de leurs défaites.

On a oublié cette floraison d'abbayes — cent soixante-sept — qui, à partir de Clairvaux, ont élevé, des terres froides du Nord aux plus brûlantes du Sud, leurs murs austères, blancs, dépouillés comme l'habit du moine.

Et je me suis ainsi souvent retrouvé seul en face de Toi avec ma souffrance, porté par ma seule foi.

Je voudrais expliquer cela, non pour jeter sur ma vie un regard de complaisance ou de regret, mais pour dire à ceux qui me liront : voilà ce que fut la vie de Bernard depuis le jour de sa naissance en 1090 jusqu'à celui de sa mort, en août 1153.

Voilà ce qu'il fit.

Mais seul Ton jugement compte, Seigneur.

Il m'importe peu d'avoir été jugé par ceux qui nomment Bien le Mal, et Mal le Bien, qui font de la lumière des ténèbres, et des ténèbres la lumière.

J'ai préféré entendre les murmures des hommes s'élever contre moi plutôt que contre Toi, Seigneur.

J'ai pris volontiers sur moi les reproches et les blasphèmes afin qu'ils n'aillent point jusqu'à Toi.

J'ai trouvé bon, Seigneur, que Tu aies voulu m'utiliser comme ton bouclier. Mais peut-être, pensant cela, ai-je encore péché par vanité. Peut-être ai-je voulu m'arroger un rôle plus grand et noble qu'il ne fut en vérité.

Je voudrais tenter de savoir cela, dresser les comptes avant de comparaître devant Toi qui sais tout, qui jugeras, qui as déjà jugé.

Me voici entre Tes mains, Seigneur.

L'été triomphe dans l'étouffante chaleur d'août.

J'entends gronder le tonnerre au loin.

Retiens le vent encore quelques jours, Seigneur, avant qu'il ne se déchaîne et ne m'arrache à l'arbre de la vie en ce monde.

Première partie

1.

Je suis né dans la douce beauté du printemps bourguignon en l'an 1090.

Alors que ma vie s'en va, j'ai encore dans les yeux les collines couronnées de forteresses, avec leurs ponts-levis, les huttes des paysans aux toits de chaume, serrées au pied des hautes murailles de pierre ocre.

C'est dans l'un de ces châteaux, celui de Fontaine-lès-Dijon, que j'ai vu le jour.

J'ai connu peu après celui de Châtillon-sur-Seine que mon père, Tescelin Le Sor, vassal du duc de Bourgogne, devait défendre.

J'entends les ordres qu'il lance aux hommes d'armes. J'écoute les aboiements des chiens. Je sens cette odeur de boue, de bouse et de purin mêlés qui se répand dans les pièces sombres où, les jours d'hiver, quand le brouillard masque la campagne, je joue avec mes cinq frères et ma sœur.

Ma mère, Aleth, veille sur nous, mais mes deux aînés, Guy et Gérard, mes cadets, André, Barthélemy et Nivard, sont, tout comme moi, voués au service des armes. Nous échappons volontiers à la surveillance maternelle pour gagner la cour, nous battre, admirer les sergents d'armes qui frappent à coups redoublés la quintaine, évitant avec agilité la masse de fer que ce mannequin fait tournoyer à chaque fois qu'on l'atteint.

Toute mon enfance, mes nuits ont été hantées par ce mannequin impitoyable et menaçant.

Parfois, je me réfugiais, terrorisé, auprès de ma mère qui, en compagnie de notre sœur Hombeline, priait.

Souvent je me suis agenouillé à côté d'elles.

Mon père s'approche, pose sa main gantée sur mon épaule. Elle me paraît lourde et je lève les yeux vers lui, toujours surpris par sa chevelure et sa barbe rousses.

Il me semble que son visage est entouré de flammes. Non pas celles, dévorantes, qui font éclater les troncs d'arbres dans la haute et large cheminée où, parfois, quand le froid se fait trop vif, nous prenons place, mais celles, dorées, qui éclairent la salle où nous nous tenons tous autour de la grande table de bois noir.

Mon père joignait ses fortes mains, priait, et nous remerciions le Seigneur pour les quartiers de viande, les pièces de gibier, les galettes de blé disposées au centre de la table.

Puis il parlait.

Il était chevalier, de la lignée des comtes de Runcy, apparenté aux ducs de Bourgogne qui descendaient eux-mêmes des Capétiens. Les ducs Eudes puis Hugues II régnaient en souverains indépendants sur la Bourgogne ;

mon père prétendait qu'ils rivalisaient en courage et en biens avec le roi de France, Philippe Ier.

J'écoutais.

Peut-être aujourd'hui mes souvenirs se mêlent-ils comme sont amoncelées en désordre les pierres d'un château en ruine.

Mais je me souviens de mon père, Tescelin Le Sor, parlant du comte de Montbard, le père de ma mère, et disant qu'elle aussi, de ce fait, descendait des Capétiens.

Et que donc, nous, enfants de Tescelin Le Sor et d'Aleth, étions de race royale, destinés à la chevalerie.

D'une voix solennelle, il nous répétait le serment de paix des chevaliers que nous devions apprendre et respecter :

« Je ne prendrai pas le bœuf, la vache, le porc, le mouton, l'agneau, la chèvre, l'âne et le fagot qu'il porte, la jument et son poulain non dressé. Je ne saisirai pas le paysan ni la paysanne, les domestiques ou les marchands, je ne leur prendrai pas leurs deniers, je ne les contraindrai pas à la rançon, je ne les ruinerai pas en leur prenant ce qu'ils ont, sous prétexte de la guerre de leur seigneur, et je ne les fouetterai pas pour leur enlever leur subsistance. »

Nous répétions mot après mot. Nous saurions nous montrer des chevaliers miséricordieux.

Parfois, des moines enveloppés dans leur tunique noire s'asseyaient à notre table. Ils se contentaient le plus souvent d'une galette de blé, refusant la viande et le vin.

J'ai retenu les noms des abbayes d'où ils venaient ou vers lesquelles ils cheminaient.

Ils parlaient de Cluny, de Saint-Gall, de La Chaise-Dieu, de Montmajour, de Saint-Victor, de Lérins.

Mon père écoutait, s'étonnait du nombre de ces communautés.

Les moines disaient que de plus en plus de chrétiens voulaient vivre leur foi à l'écart de ces villes dont la population augmentait, de ces châteaux-forts où, à les entendre, les chevaliers oubliaient dans la fête et les plaisirs Dieu et Ses exigences.

Les moines haussaient le ton.

Ils montraient la table, la viande, les pièces de gibier, les galettes, les mets, les cruches remplies de vin, puis ils tendaient le bras vers les tapisseries qui couvraient les murs.

Ils disaient que les récoltes les plus abondantes, les pièces d'or et d'argent qu'on échangeait, dont beaucoup venaient de Byzance, conduisaient au luxe et même à la dépravation. Que les temps nouveaux voyaient le nombre des hommes augmenter. Les forêts reculaient devant les défricheurs. Des villages surgissaient au milieu des clairières. Un blanc manteau d'églises neuves s'étendait du Nord au Sud. Mais à quoi servaient-elles, s'indignaient-ils, si le chrétien ne respectait plus l'enseignement du Christ, oubliant l'humilité, l'abstinence, parfois même violant le sacrement du mariage ? Si les jeunes chevaliers, au lieu de se joindre à la croisade que venait de prêcher en 1095 le pape Urbain II, un Champenois, consacraient leur temps à séduire les dames ?

Était-ce cela, les temps nouveaux d'après l'an mil ? interrogeaient les moines.

Ma mère se signait. Mon père disait que la jeune chevalerie avait entendu l'appel du pape et que lui-même avait voulu se mêler à la croisade, mais que son seigneur, le duc de Bourgogne, lui avait demandé de défendre ses propres forteresses, et qu'il avait obéi. Mais si le duc le déliait un jour de son engagement, il partirait, accompagné de ses cinq fils, car le devoir d'un chrétien était de libérer le tombeau du Christ tombé aux mains des infidèles.

Mais il fallait aussi, disaient les moines, défendre ici et maintenant la pureté de la foi. C'était pourquoi de si nombreux jeunes hommes, souvent des chevaliers, choisissaient de se retirer au cœur des forêts pour être plus proches de Dieu, n'avoir plus pour maîtres que les hêtres et les chênes, et fuir ainsi toute tentation.

C'est autour de cette table, dans ce château de mon enfance, que j'ai entendu pour la première fois prononcer le nom de l'abbaye de Cîteaux.

L'histoire de sa fondation m'est apparue alors aussi étrange que l'un de ces fabliaux que l'on me contait, ou encore l'un de ces rêves dont ma mère me faisait le récit.

Elle avait vu, disait-elle, alors qu'elle était grosse de moi, un chien blanc au pelage tacheté de roux. Il aboyait, assurait la garde, guérissait aussi les blessés et les malades en les léchant.

Ma mère Aleth avait consulté un moine qui lui avait

expliqué ce rêve : l'enfant qu'elle portait, lui avait-il dit, serait un protecteur de l'Église, un prédicateur et un guérisseur des âmes, peut-être même un faiseur de miracles.

Ma mère m'avait plusieurs fois rapporté ce rêve et son évocation m'avait plongé dans une sorte de béatitude.

C'était le même sentiment que j'avais éprouvé en écoutant l'un des moines qui nous avaient rendu visite parler de Robert, qui avait fondé dans la forêt de Molesmes, entre Chablis et Tonnerre, une abbaye. Puis les offrandes y avaient afflué et les moines, corrompus par l'abondance, avaient oublié peu à peu la règle austère de saint Benoît, et Robert était parti.

À la tête d'une vingtaine de moines, Robert de Molesmes s'était alors installé dans la solitude d'une forêt. Le sol en était marécageux, rempli de joncs, de *cistels* — d'où le nom de Cîteaux.

Dans ce nouveau monastère, les moines se plièrent à une discipline stricte, mais Robert avait bientôt été rappelé par ses frères de Molesmes et c'est son successeur, Albéric, qui avait poursuivi son œuvre, placé Cîteaux sous la protection du pape et défini une nouvelle règle, dite cistercienne.

La Sainte Vierge, avait prétendu le moine, était apparue à Albéric et lui avait demandé que les moines de Cîteaux abandonnent l'habit noir pour la tunique blanche.

Au fur et à mesure qu'il parlait, il m'avait semblé

que la laine noire de sa tunique devenait pareillement blanche.

Je n'ai pas oublié cet étrange moment de mon enfance qui annonçait mon propre destin.

2.

Je joue avec mes frères Guy, Gérard, André, Barthélemy, Nivard. Nous traversons la cour de la forteresse de Châtillon-sur-Seine que mon père commande et défend.

Nous nous glissons entre les destriers qui piaffent. Guy, notre aîné, s'empare d'un bouclier, se coiffe d'un heaume, et nous nous élançons derrière lui. Nous franchissons le pont-levis en brandissant les branches qui nous tiennent lieu de glaives.

Les fils de paysans, leurs femmes, leurs filles, corps lourds sous leurs vêtements souillés, le visage noirci de sueur et de poussière, les yeux effarés, s'écartent, apeurés.

Nous sommes les fils du maître du château, Tescelin Le Sor, Tescelin le Roux.

Tout à coup, ma poitrine est comme taillée par le mitan, de la gorge au ventre. Ma bouche s'emplit d'une salive aigre, le souffle me manque, mes yeux se voilent, mes jambes fléchissent.

Je tombe à genoux dans la boue.

Ma tête est si lourde, si douloureuse qu'il me semble qu'elle m'entraîne et veut reposer sur la terre.

J'ai pour la première fois murmuré Ton nom, Seigneur.

Il est venu sur mes lèvres avec la découverte de la faiblesse de mon corps.

On m'a porté jusqu'à la chambre de ma mère. Elle m'a lavé le visage, m'a serré contre elle. Elle m'a dit :

— Tu seras le chevalier de Dieu.

Plus tard — mais le souvenir ne m'en revient que maintenant, et je le place là, au cœur de mon enfance, hors de mon temps, parce que les choses dans une vie finissent par se rejoindre, qu'une boucle se ferme entre l'enfant essoufflé, endolori, qui s'étonne de la faiblesse qui l'a envahi, et l'homme en bout de course qui sait que le corps n'est qu'une gangue dont l'âme un jour s'échappe —, plus tard, donc, j'ai écrit dans le XXVIe sermon sur le Cantique des cantiques :

« *Nous sommes ici comme des guerriers sous la tente, cherchant à conquérir le ciel par la violence, et l'existence de l'homme sur terre est celle d'un soldat.*

« *Tant que nous poursuivons ce combat dans nos corps actuels, nous restons loin du Seigneur, c'est-à-dire loin de la lumière. Car Dieu est lumière.* »

Ma mère m'a pris par la main et j'entends les cris de mes frères qui frappent avec leurs branches nues sur le bouclier.

Je me retourne. Je les vois qui se battent, se poursuivent, puis, menaçants, entourent un jeune paysan qui s'enfuit.

Je sais dès cet instant que je ne serai pas armé du glaive. Que la lame, le heaume et le bouclier sont trop lourds pour moi. Que je n'aime pas prendre les hommes, fussent-ils mes ennemis, pour gibier.

Me voici donc seul avec ma mère.

Nous nous dirigeons vers un bâtiment long et bas, aux contreforts de pierre plus sombres que la façade, où les chanoines de Saint-Vorles dispensent leur enseignement.

Je songe au moine qui a raconté la fondation de l'abbaye de Cîteaux : serai-je l'un de ces moines blancs ?

Ma mère se penche vers moi alors que nous passons le seuil de l'école. Elle me dit que les maîtres qui enseignent ici sont les plus proches de Dieu. Ils sont savants. La plupart viennent de l'école épiscopale de Langres. Autrefois, l'évêque Bruno de Runcy a été le disciple de Gerbert d'Aurillac, moine de Cluny, un érudit qui devint pape sous le nom de Silvestre II.

— Tes frères se battront et chasseront ; toi, tu seras le défenseur de la foi. Ici, tu vas apprendre le maniement des armes de l'esprit, et tu les mettras, comme tout chevalier, au service de ton Seigneur. Le tien se nomme Jésus-Christ.

J'apprends avec les chanoines de Saint-Vorles qui est ce Jésus que je dois servir.

Je lis la Bible latine et le psautier. Je chante dans le chœur de la chapelle. Chaque mot, chaque son qui entre en moi est comme un fruit savoureux. Il me nourrit et me comble.

Je prie. Je lis. Je chante. Je prie. Je lis.

Je me souviens du chanoine au crâne nu qui m'enseignait le *trivium* — grammaire, dialectique et rhétorique — pour maîtriser l'art de la parole, du raisonnement et de l'écriture. Et de cet autre, tout aussi maigre que le premier, qui m'enseignait le *quadrivium* — mathématiques, géométrie, musique, astronomie. Ces deux maîtres me firent découvrir le monde. À partir de là, j'ai regardé le ciel avec d'autres yeux. Et suis devenu autre.

Quand je rentre au château, mes frères m'entourent. Ils ont les mains écorchées, les vêtements souvent déchirés, les joues rouges.

Ils ont chevauché aux côtés de mon père. Ils ont chassé, tué des chevreuils et des sangliers. Les branches des arbres les ont souffletés alors qu'ils galopaient, pourtant couchés sur l'encolure de leurs montures.

Je les observe, les écoute. Je me sens leur aîné et il me paraît même parfois que je suis plus vieux que tous les hommes d'armes que je croise et entends. Même mon père, Tescelin Le Sor — qu'il me pardonne ! — me semble moins averti que moi des exigences de Dieu, donc de la réalité du monde.

J'ai lu ce que les uns et les autres ignorent : Ovide et Cicéron, Horace et Virgile.

Je sais rimer et composer. J'aime à jongler avec les mots et les sons, et parfois je m'inquiète du plaisir que me donnent les phrases et les chants. Peut-être suis-je comme ces moines de l'ordre de Cluny qui ont oublié la règle de saint Benoît, l'austérité et la rigueur, enivrés qu'ils étaient par les jeux de l'esprit et de la mémoire, par les richesses de leur abbaye, l'éclat de l'or dont ils ont couvert leurs autels ?

Je m'agenouille : je dois aussi me méfier de cela.

Je dois me contraindre à la solitude, à la pauvreté, refuser de me laisser entraîner dans la danse des mots et des sons.

J'ai pensé alors : n'habite qu'avec toi-même.

Mais il m'est arrivé de me laisser prendre par le vin capiteux de la pensée.

Plus tard, Béranger, un disciple de ce Pierre Abélard qui fut mon grand adversaire, m'accusa d'avoir inventé, alors que j'étais élève, de « petites chansons séduisantes et des mélodies profanes ».

Il m'a défié :

« N'est-il pas gravé profondément dans votre mémoire que vous vous efforciez toujours de surpasser vos frères en inventions subtiles et artificieuses, et que vous preniez comme un cuisant affront le fait que l'un d'entre eux répliquât avec une audace égale ?

Nierez-vous que vous avez composé des fictions et des sornettes ? »

J'ai fouillé dans les décombres de mon passé. J'ai trouvé parmi les gravats quelques souvenirs de chansons profanes, celles d'un jeune homme qui découvre qu'il peut être jongleur de rimes et de refrains.

Seigneur, pardonne-moi, mais Tu sais, puisque Tu n'ignores rien de la vie et des pensées des hommes, que Ton regard perce tous les secrets, que j'ai renoncé à ces jeux.

Et je Te dois de ne pas m'être égaré dans cette voie.

La nuit du 24 décembre, dans ma septième ou huitième année, alors que je sommeillais, assis sur une chaise, attendant l'heure de l'office, j'ai vu tout à coup en songe la Vierge Marie qui donnait naissance à Jésus.

Tu as voulu, Seigneur, que j'aie cette vision.

La cloche de l'office m'a réveillé. Ma mère m'a conduit dans l'église pour célébrer la messe de la Nativité.

Tu m'as fait, Seigneur, témoin de Ta venue au monde. À partir de ce jour, je me suis senti lié à tout jamais à Toi.

J'étais devenu le chevalier servant de la Vierge Marie, et Ton soldat. Je n'avais besoin ni du heaume, ni du bouclier, ni du glaive.

Mais je ne répondais pas aux questions de mes frères et de mon père qui m'interrogeaient sur la vie que je souhaitais mener.

Je ne savais qu'une chose : j'étais différent d'eux et voulais Te défendre, Seigneur.

J'entends les chanoines qui chuchotent. Des moines rendent visite à mon père.

L'empereur Henri IV se venge, dit-on, de l'humiliation que le pape Grégoire VII lui a infligée à Canossa. À la mort de ce dernier, il a désigné un antipape, Clément III.

Je me souviens de mon effarement : que signifie ce mot *antipape* ? Peut-il y avoir deux princes à la tête de Ton Église, Seigneur ?

Les chanoines, les moines soutiennent celui qu'ils nomment le successeur légitime et sacré de saint Pierre.

Ainsi j'apprends qu'il faut se battre pour Toi, Seigneur, et que le combat se déroule également au sein de l'Église, parce que l'homme est faible. Plus tard, toujours dans le XXVIe sermon, j'écrirai :

« *Vous comprenez donc comment l'Église est noire et comment la rouille adhère aux âmes. C'est l'effet, sous la tente, de ce dur service guerrier, de cette résidence prolongée dans le malheur...* »

Je ne connais pas encore ce mot « malheur ».

Mon père, quand il bondit sur son cheval qu'un valet tient par les rênes, me paraît immortel.

Ma mère nous rassemble autour d'elle. Elle m'invite à approcher. Je sais qu'elle attend de moi une vie exemplaire. Je suis celui sur lequel elle veille d'abord, peut-être parce qu'elle devine que ma tête est souvent percée d'une longue douleur, que ma poitrine et mon ventre me brûlent, que j'avale avec difficulté les mets qu'on me propose. Elle s'inquiète et je crois qu'elle sera toujours près de moi.

Il faut au moins une demi-vie pour savoir que les êtres aimés s'en vont sans retour et poursuivent leur existence loin de nos yeux, près du Seigneur.

Je ne suis qu'à l'orée de la mienne, la tête farcie de vers latins, de psaumes, mes nuits peuplées de songes. J'imagine les chevaliers entrant le 15 juillet 1099 dans Jérusalem. L'on célèbre dans la chapelle du château, puis dans l'église des chanoines de Saint-Vorles, la délivrance du Saint-Sépulcre, la victoire de la croisade prêchée par Urbain II.

Je dois m'agenouiller, baisser la tête, prier pour la croisade des pauvres que les infidèles ont décimée, prier pour les chevaliers tombés dans les batailles à Jaffa, à Bethléem, prier encore pour Urbain II, mort quelques jours seulement après la prise de la Ville sainte.

J'entends l'un des chanoines murmurer que peut-être le pontife est mort sans même avoir appris la bonne nouvelle.

Et je découvre ainsi que le choix de Dieu est mystère.

Au milieu de ma vie, je dirai :

— *Pour châtier nos péchés, le Seigneur semble avoir jugé prématurément l'univers, en toute équité, certes, mais comme s'Il ne se souvenait plus de Sa miséricorde.*

Peut-être ai-je pensé cela pour la première fois quand, le 1er septembre de l'an 1103, ma mère nous a tous fait entrer dans sa chambre.

Elle est allongée. Je n'ai encore jamais vu ses

cheveux défaits qui couvrent les coussins et le rebord des draps. Ses joues sont empourprées. Des gouttes de sueur perlent à son front.

Puis elle nous demande de nous écarter.

Voici les prêtres qui s'avancent, portant la croix. Ils s'agenouillent. Ils lui prennent la main. Ils chuchotent près d'elle qui ne cesse de nous regarder.

Ils commencent à entonner les psaumes et je me joins à eux. Ils répètent :

— Par Votre passion et Votre choix, délivrez-la, Seigneur !

Elle se signe, tend la main vers moi, vers nous, puis son bras retombe.

Quand je veux toucher son front, il est de pierre.

Ce jour-là, j'ai appris que le corps le plus aimé devient matière quand l'âme se retire. Et que seule la prière peut contenir la souffrance, seule la résurrection des Justes peut s'opposer victorieusement à la douleur de les perdre.

J'ai treize ans.

Aleth, ma mère, est morte. J'ai cessé d'être un enfant.

3.

Je me regarde dans ce miroir qui fait face à la grande cheminée et où se reflètent les flammes du foyer.

J'ai souvent vu les jeunes gens qui, avec mes frères, composent une troupe jacassante s'arrêter devant lui et prendre des poses, poing sur la hanche, ou, pour les filles, tête penchée de côté.

J'ai détourné le regard, mais leurs rires, les frôlements de soie de leurs habits sont entrés en moi comme du venin.

J'ai attendu que la salle se vide pour m'avancer vers le miroir et oser affronter mon image. Elle me paraît naître des flammes qui oscillent autour de moi.

Je suis ce jeune homme élancé, grand et blond, à la barbe un peu rousse, aux yeux bleus et au teint clair.

À détailler mes traits, à suivre dans le miroir le mouvement de ma main qui caresse ma joue ombrée de roux, j'éprouve un plaisir dont je me souviens encore. Il me trouble. Je sais qu'il m'éloigne de moi alors même qu'il m'enferme dans mon corps.

Mais ce plaisir est trop fort pour que je sache y résister. C'est une tentation qui m'emporte, et lorsque mes frères et leurs amis refont irruption dans la salle, m'entourent, s'écrient qu'enfin je suis parmi eux, et non plus prisonnier de mes songes, je saisis les mains qu'ils me tendent, me laisse entraîner dans leur danse, chante avec eux, récite comme eux ces petits poèmes dans lesquels la Dame accueille avec bienveillance le jeune Chevalier qui la courtise.

Je ne suis plus que l'un de ces jeunes corps que le désir de chair embrase et corrompt.

Je le reconnais : j'ai oublié un temps les vœux de ma mère, que je devinais sans même qu'elle les formulât.

Elle avait voulu devenir moniale, et puis mon père l'avait prise. Elle avait alors désiré que ses fils et sa fille se vouent au service de Dieu. Mais elle avait vu quatre de ses enfants bondir en selle derrière leur père et chevaucher à travers la forêt à la poursuite des sangliers, jeunes marcassins eux-mêmes !

Elle était morte en croyant que je serais celui qui accomplirait ses vœux. Et voilà que moi aussi je parcourais les collines à cheval.

J'allais d'un château à l'autre, écoutant les joueurs de musique, applaudissant les jongleurs. Je découvrais que le corps des femmes brûle sans qu'on le touche, à l'instar d'une de ces flammes fluides qui dansent dans la cheminée.

J'ai regardé si longuement cette jeune femme au visage rond, à la moue un peu boudeuse, aux cheveux blonds tirés en arrière, laissant voir son cou gracile, sa peau laiteuse, que j'ai senti la brûlure.

J'ai alors quitté le château, chevauché jusqu'à un

étang. Mais la brûlure était toujours aussi vive. J'ai sauté de ma monture et me suis jeté dans l'eau glacée.

Ayant regagné la forteresse de Châtillon-sur-Seine, j'ai eu le sentiment d'avoir échappé à la prison du désir, à ce souvenir ardent du visage d'une femme et du moindre de ses gestes.

J'ai pu à nouveau écouter les moines, apprendre de l'un d'eux, messager, que le roi Philippe Ier était mort en cette année 1108, et que lui avait succédé sur le trône de France son fils, Louis VI le Gros.

Le monde existait à nouveau, comme si la chair n'avait été qu'un paravent qui m'avait interdit de voir et d'entendre ce qui survenait autour de moi.

Un moine blanc, l'un de la vingtaine qui vivait à Cîteaux, venait, les joues hâves, le teint blême, la démarche lente, demander l'aumône tant la misère était grande dans l'abbaye.

L'abbé Étienne Harding, un Anglais, avait succédé à Albéric, mort le 26 janvier 1109, et appliquait la règle avec encore plus de rigueur : travail manuel, jeûne, prière, austérité. Les croix ne devaient plus être d'or et d'argent, mais de bois ; les ornements de lin, et non plus de soie.

L'on était si pauvre à Cîteaux qu'il fallait mendier. Mais mieux valait encore cela, argumentait le moine, que le luxe de l'abbaye de Cluny. Un nouvel abbé, Pons de Melgueil, venait de s'y installer sans rien vouloir changer de cette vie monastique qui s'était écartée de la règle de saint Benoît.

Mais qui, s'était exclamé le moine blanc, qui a le

courage de nous rejoindre à Cîteaux, nous qui tendons la main pour ne pas mourir de faim ? Qui ?

Le pape en personne, Pascal II, en lutte contre l'empereur germanique Henri V qui entendait s'arroger le droit d'investir les évêques « par la crosse et l'anneau », arrachant ainsi au souverain pontife cette prérogative sacrée, se désintéressait de l'abbaye.

— Que sommes-nous, au fin fond de notre forêt, nous, pauvres moines cisterciens, alors que le pape et l'empereur sont engagés dans leur querelle des investitures, que les moines noirs de Cluny se prosternent devant l'or qui revêt leurs autels et boivent du vin frais ? Que sommes-nous ? Une poignée de pauvres, et nul ne vient frapper au portail de l'abbaye.

J'ai entendu cette voix, mais ne l'ai d'abord pas écoutée.

Ai-je eu peur de la sévérité de la règle cistercienne ?

Ou bien étais-je plus tenté que je ne l'imaginais par la vie de chasses et de fêtes d'un jeune seigneur ?

Je l'étais devenu, moi, fils de Tescelin Le Sor, reçu dans les châteaux du duché de Bourgogne, oubliant la futilité de cette vie. Les jeunes femmes me dévisageaient avec insistance ; leurs regards caressaient ma vanité d'homme que trouble le désir qu'elles inspirent.

Une nuit, dans l'un de ces châteaux, alors que je sommeillais, une femme s'est glissée dans mon lit. J'ai senti sa peau contre la mienne, mais je suis resté enfermé dans mon sommeil, imaginant qu'il ne s'agissait que d'un rêve impur.

Je me suis réveillé au moment où elle s'enfuyait, honteuse.

Je me suis senti coupable d'avoir peut-être, par mon attitude, suscité son audace.

Quel démon m'habitait ? Comment le combattre ?

J'ai pensé quitter la Bourgogne. À Cologne, à Chartres, à Laon, des écoles s'étaient ouvertes.

On disait qu'à Paris, Guillaume de Champeaux, après avoir été archidiacre de l'école canoniale de Notre-Dame de Paris, avait créé un monastère de chanoines réguliers à Saint-Victor, aux portes de la ville. On y dispensait le meilleur enseignement de toute la chrétienté.

J'ai entendu des moines parler de l'éloquence de Guillaume et de celle d'un de ses jeunes étudiants, Pierre Abélard, dont le savoir égalait déjà celui de ses maîtres.

J'ai été tenté de choisir l'esprit et de gagner l'une de ces écoles qui ensemençaient nos pays si longtemps enveloppés dans la nuit païenne.

Mais j'hésitais.

Ce furent pour moi quelques années d'errance. J'étais oublieux de ce que j'avais appris et de ce que j'avais cru décider : devenir le soldat du Seigneur.

J'ai donc continué à mener une vie vaine.

Une autre jeune fille, trompée elle aussi par mon apparence, et sans doute attirée par mon attitude, s'est approchée de moi, une nuit. Dans un élan de désir, elle m'a griffé le dos. Je l'ai chassée.

Une autre nuit, une châtelaine chez qui je séjournais est entrée dans la chambre isolée qu'elle m'avait fait préparer. J'ai craint de succomber. J'ai crié comme si des voleurs me menaçaient, et mes amis sont accourus, le glaive au poing, cherchant les brigands.

On n'avait cherché à voler que ma chasteté.

J'ai eu honte de ces faiblesses.

Je suis entré dans l'église de l'école de Saint-Vorles où j'avais assisté à tant de messes au long de mon enfance.

J'ai eu l'impression que ma mère était encore à mes côtés et je me suis souvenu de cette vision que j'avais eue, un 24 décembre, celle de la Vierge Marie donnant le jour à Jésus.

D'emblée, j'avais su qu'il me fallait renoncer aux vanités.

Pourquoi avoir oublié si longtemps cette résolution ?

Maintenant, au terme de ma vie, je comprends mieux l'origine de mes errances.

Parce que nous sommes charnels, il faut que notre désir et notre amour commencent par la chair.

Deuxième partie

4.

J'avais vingt et un ans.

C'était une matinée d'août 1111. La chaleur était si lourde, l'air si chargé d'orage que j'avais l'impression, en chevauchant à travers champs, d'avoir le visage et les mains piquetés par des aiguilles brûlantes.

À plusieurs reprises mon cheval s'était cabré comme s'il avait voulu m'avertir, m'empêcher de continuer ma route. Mais rien n'aurait pu me retenir.

J'avais décidé de quitter notre forteresse de Châtillon-sur-Seine pour me rendre au château du sire de Grancey, lequel s'était rebellé contre le duc de Bourgogne qui, depuis plusieurs mois, guerroyait contre lui.

Mon père, Tescelin Le Sor, mes oncles maternels, Gaudry de Touillon et Miles de Pouilly, et mes frères, Guy, Gérard, Barthélemy, André, à l'exception du plus jeune, Nivard, avaient pourchassé le rebelle dans la campagne.

J'avais moi aussi participé à cette guerre, galopant dans les villages et hameaux que les paysans avaient fuis, ne laissant dans leurs masures que les aveugles ou les estropiés, et des chiens rageurs qui nous escortaient de leurs aboiements.

Parfois, au cours d'une trêve, nous nous affrontions

avec les vassaux de Grancey au cours de longs tournois auxquels j'avais pris plaisir, brandissant la lance et le glaive, surprenant les miens qui m'avaient toujours cru — comme je l'avais pensé moi-même et comme ma mère me l'avait dit — incapable de manier les armes.

Je l'avais pu. J'avais même vaincu. Mon père avec fierté m'avait dit :

— Tu es de la lignée, Bernard de Fontaines !

Et mes frères m'avaient acclamé.

Ce matin, j'allais cependant les rejoindre pour leur annoncer que j'avais résolu de quitter leur monde.

Plus jamais je ne participerais à un tournoi ou à une guerre en tant que chevalier. J'avais enfin retrouvé mon chemin, qui conduisait à une abbaye au cœur de la forêt.

Là, je prierais, là, je mènerais mon combat pour le Seigneur.

Tout à coup, l'orage a éclaté, le vent a ployé les arbres, cassant les branches les plus frêles, arrachant les feuilles, me cinglant le visage.

L'averse était si drue qu'elle crépitait comme une grêle de flèches frappant le parapet.

Le cheval n'a plus voulu avancer et brusquement il a rué, puis s'est cabré en hennissant et m'a précipité à terre avant de s'enfuir au galop. Je suis resté un long moment étourdi, enveloppé par cette pluie chaude qui collait mes vêtements à ma peau.

Que pouvais-je faire dans cette campagne déserte que l'averse noyait ? Je me suis agenouillé, courbant la tête, laissant les gouttes glisser le long de ma nuque.

Je me suis souvenu de la plainte d'un des moines blancs de Cîteaux qui, main tendue, sollicitant notre aide, avait ajouté que sa communauté monastique était menacée de disparaître. Il avait gémi, désespéré.

— Qui donc nous succédera ? s'était-il lamenté.

Je n'avais pas écouté cette voix ! J'avais été tenté par la chair et même, moi le frêle souffreteux, par la gloire des tournois ou l'ivresse des fêtes !

J'ai ployé plus bas encore ma nuque et l'averse m'a martelé les épaules et le dos.

Ma résolution était prise : je frapperais au portail de l'abbaye de Cîteaux.

Mais que peut un homme seul ? Un chevalier solitaire ne gagne pas une bataille. Il doit combattre avec son clan, sa lignée. Il faut qu'il rassemble autour de lui ses vassaux et les conduise comme une troupe ordonnée, obéissante. À lui de les guider.

Si j'étais, ainsi que l'avait voulu ma mère, le chevalier du Seigneur, je devais agir de même : réunir mon clan et le convaincre de me suivre, d'entrer avec moi dans l'abbaye de Cîteaux, de faire d'elle une forteresse à partir de laquelle nous conduirions nos batailles pour Dieu.

J'ai commencé à marcher sous la pluie.

Si ma foi et ma résolution étaient fortes, alors ma parole et mon exemple renverseraient tous les obstacles, et les miens — mes frères, mes oncles — me suivraient. Ils constitueraient l'armée sainte de Bernard de Fontaines, et nous serions invincibles.

Je n'ai plus senti ni ma fatigue ni la pluie.

Au milieu de la nuit, l'orage ayant cessé depuis longtemps, le ciel redevenu ce dais sombre constellé de pointes d'argent, j'ai atteint le camp qui avait été dressé pour faire le siège du château de Grancey.

On m'a conduit auprès de mon oncle Gaudry de Touillon qui assurait cette nuit-là la veille.

Je suis entré sous sa tente.

Il était allongé à la manière d'un gisant, les mains croisées sur la poitrine, et respirait faiblement, comme un homme harassé.

Je me suis assis près de lui. Il s'est redressé, murmurant qu'il avait l'impression, à chaque fois qu'il me voyait, de retrouver le regard de sa sœur Aleth, « ta sainte mère », me disait-il.

J'ai répondu que je venais lui parler d'elle, de ce qu'elle avait souhaité pour moi, dont enfin je m'étais ressouvenu. Il fallait qu'il m'écoute.

J'ai commencé.

Les phrases venaient comme si les mots avaient déjà été liés en moi les uns aux autres.

J'allais entrer comme novice à l'abbaye de Cîteaux. Ma décision était prise, mais je lui demandais de se joindre à moi, car je voulais que la lignée de ma mère, celle des Montbard, qu'il représentait, et la mienne, celle des Fontaines, m'y accompagnent. Si nous nous engagions à plusieurs, nous allions agir sur le monde et que vaudraient, comparées aux batailles pour Dieu que nous allions livrer, ces guerres et ces tournois entre seigneurs, ces sièges de châteaux, ces rébellions contre le duc de Bourgogne ou les combats menés en son nom ?

J'ai parlé. Et c'était comme si je découvrais, en même temps que je les exposais, les raisons sur lesquelles s'appuyaient et ma conviction et ma décision.

Les mots étaient comme un feu qui dévore la forêt, une flamme qui consume la montagne.

Je savais que j'allais persuader Gaudry de Touillon de me suivre à Cîteaux.

Il s'est levé. Il a évoqué de nouveau sa sœur Aleth.

— Je voulais abandonner les armes depuis longtemps, a-t-il murmuré. Tu as dit ce que j'attendais.

J'ai remercié Dieu sans bien mesurer, en ce début de ma vie, le privilège qu'Il m'avait accordé.

Depuis, je sais.

Depuis, j'ai reconnu que « *le Verbe est venu en moi, et souvent. Souvent, il est entré en moi et je ne me suis pas aperçu de son arrivée, mais j'ai perçu qu'il était là, et je me souviens de sa présence...*

« *Même quand j'ai pu pressentir son entrée, je n'ai jamais pu en avoir la sensation, non plus que de son départ. D'où est-il venu dans mon âme ? Où est-il allé en la quittant ?* »

Nous sommes sortis de sous la tente.

L'aube d'une journée limpide se levait. Nous nous sommes rendus auprès de mon père dont la tente était située au centre du camp.

Tescelin Le Sor était debout, tête nue, appuyé au pommeau de son glaive.

Gaudry de Touillon et moi nous sommes agenouillés devant lui. Le glaive dessinait comme un crucifix.

J'ai dit :

— Père, j'obéis au Seigneur, je le rejoins en l'abbaye de Cîteaux, et mon oncle Gaudry de Touillon vient avec moi.

Il a levé la main comme s'il voulait nous bénir.

— Je veux que mes frères me suivent, ai-je ajouté. Je veux rassembler, au-delà de la lignée des Montbard et des Fontaines, le plus grand nombre de jeunes chevaliers pour qu'ils mettent leur force et leur foi au service exclusif de Dieu, et qu'ils renoncent aux fêtes, aux tournois, aux amours charnelles, aux fabliaux et aux guerres.

Je me souviens que, m'étant interrompu, j'ai longuement regardé mon père.

— Mes frères m'écouteront, ai-je repris.

— Ils sont chevaliers, hommes d'armes, a-t-il objecté sourdement.

— Ils viendront avec moi à Cîteaux. Ils m'écouteront et m'approuveront.

— Fais ce que tu dois, selon ta foi, a murmuré mon père en s'éloignant.

Jamais je n'avais connu un tel sentiment de force et de joie. La route était tracée : elle conduisait à la clairière de Cîteaux. Le but était fixé : convaincre Guy, Gérard, Barthélemy, André, mes frères qui avaient l'âge du noviciat, de frapper avec moi au portail de l'abbaye, d'abandonner leurs glaives et leurs plaisirs, et même, pour Guy, son épouse Élisabeth et ses deux filles. Et il fallait aussi entraîner d'autres chevaliers.

J'ai pensé à Miles de Pouilly, un autre des frères de ma mère, dont Gaudry de Touillon m'avait dit qu'il serait sensible à ma parole.

J'ai commencé à arpenter le camp à la recherche de mes frères. C'était comme si, pour la première fois de ma vie, mon corps et mon esprit avaient trouvé leur vraie place dans ce monde.

Je savais sans l'ombre d'une hésitation ce que je voulais et ce que je devais faire pour y atteindre.

J'entre dans la tente de l'un de mes cadets, Barthélemy.

Nivard, le plus jeune de mes frères, est resté à la forteresse de Châtillon-sur-Seine. André, un autre de mes cadets, a été blessé et se trouve prisonnier dans le château de Grancey.

Je saisis Barthélemy aux épaules. Tout ce que je veux lui dire est dans mon regard, dans la pression de mes mains.

— Accompagne-moi, articulé-je avec force. Nous allons devenir les hommes de Dieu, les moines blancs de Cîteaux. Nous allons connaître la joie de servir le vrai Seigneur.

Je lis la réponse de Barthélemy sur son visage : il sourit. Il murmure qu'il sera toujours avec moi et me suivra là où j'irai, dans la forêt la plus sombre ou le désert le plus brûlant, et jusqu'à Jérusalem si tel est mon souhait.

J'ai répété :

— Cîteaux, la plus pauvre et la plus rigoureuse des abbayes.

Maintenant, il me faut tous les autres.

Et d'abord André, blessé, prisonnier du sire de Grancey.

Je me suis présenté devant le portail du château. J'ai dit que je voulais voir le seigneur des lieux. J'étais sans arme, comme un messager de paix. J'avais la certitude que nul ne pouvait résister à la volonté qui s'incarnait en moi.

Grancey était assis à une longue table, entouré de ses hommes d'armes.

— Je suis Bernard de Fontaines, bientôt novice à l'abbaye de Cîteaux. Je viens chercher mon frère, ton prisonnier, afin qu'il devienne comme moi moine blanc, cistercien.

Ils se sont regardés, certains ont ri. Grancey m'a longuement dévisagé.

— Deux glaives de moins ! a-t-il dit. Si tu as menti, je te retrouverai, toi et les tiens.

— Je prête serment de chevalier et serment de chrétien, ai-je répondu.

On a libéré André, mais, de retour au camp, il a d'abord refusé de s'engager. Il était homme lige de son suzerain bourguignon, arguait-il ; je ne pouvais le délivrer de ce lien-là.

— Je peux. Tu dois ! Ta bienheureuse mère le veut. Elle parle par ma bouche.

Il s'est mis à trembler, assurant qu'il voyait ma mère, qu'elle lui ordonnait de m'obéir.

Et il a répété qu'il serait moine de Cîteaux à mes côtés.

J'ai parcouru le camp à la recherche de mes deux aînés, Guy et Gérard. Il m'a semblé qu'ils me fuyaient comme s'ils craignaient de ne pouvoir me résister.

Mais je suis entré en d'autres tentes. Puis j'ai parcouru la campagne, allant de château en château. Mon oncle Miles, le seigneur de Pouilly, accepta aussitôt de me suivre. Il ne tenait ni à ses biens, ni à ses plaisirs. Il voulait assurer sa vie éternelle.

Et je convainquis aussi Hugues de Vitry, clerc du diocèse de Mâcon, et d'autres qui étaient de fiers chevaliers, de savants écoliers : Hugues de Montbard et Geoffroy d'Aignay ; certains de mes cousins, Geoffroy de La Roche-Vaneau, et Robert ; et mes compagnons de fêtes, Artaud et Arnaud.

J'ai entendu les mères et les jeunes épouses qui n'osaient me maudire, mais invoquaient le Seigneur pour qu'Il retînt auprès d'elles leur fils ou leur mari, car j'avais la parole trop savante, le verbe trop puissant pour qu'ils puissent me contredire ou se dérober.

— Les mères enferment leurs fils quand on annonce ta venue, me confia mon frère Guy. Et les épouses entraînent leur mari sur leur lit pour qu'ils n'oublient pas ce qu'ils perdraient en te suivant.

J'ai dit seulement :

— Tu seras moine Guy, à Cîteaux, avec nous tous. Nous sommes déjà près de trente. Si ton épouse Élisabeth n'y consent pas, Dieu connaîtra son refus et elle devra craindre la colère du Seigneur.

Je n'ai pas harcelé Guy, mon aîné. J'ai laissé Dieu agir. Élisabeth s'est soudain alitée, et la mort est venue la frôler. Alors elle a permis à Guy de me rejoindre. Elle a fait vœu de chasteté perpétuelle, décidant d'entrer avec ses deux filles dans l'un des monastères de Bourgogne.

Dieu avait ainsi augmenté la moisson.

Restait Gérard, le second de mes frères, le puîné, dont j'ai eu le sentiment qu'il se dérobait, quittant sa tente lorsque je m'en approchais, sautant en selle, me criant qu'il était chevalier d'armes et non moine, homme de glaive et non de prière.

Un jour, j'ai saisi les rênes de son cheval, le forçant à s'immobiliser.

— Que te faut-il pour comprendre que la mort est prompte dans sa marche et que tu dois penser à la vie éternelle, à jamais heureuse ou malheureuse ? Quel signe attends-tu ? Veux-tu, comme elle a fait avec Élisabeth, que la mort vienne rôder auprès de toi ?

Il s'est élancé, me forçant à m'écarter.

Mais, quelques jours plus tard, lorsqu'il fut blessé au combat et que les hommes d'armes de Grancey se saisirent de lui, je l'entendis crier :

— Je suis moine ! Je suis moine de Cîteaux !

Grancey refusa de le libérer, mais Gérard réussit à s'enfuir avec mon aide.

Il était désormais à Dieu. Il serait à moi, et comme moi.

Nous nous sommes rassemblés dans le grand bâtiment de pierre érigé au milieu des terres labourées et qui appartient à notre clan des Fontaines.

Je voulais que, dans cette propriété de Sombernon, nous commencions à vivre en communauté, nous préparant ainsi à entrer à Cîteaux.

À diriger ces hommes dont beaucoup étaient mes aînés, j'ai éprouvé, je le confesse, de la joie et peut-être aussi de l'orgueil.

Je m'en repens.

Mais j'ai ainsi mesuré que Dieu m'avait donné le don de parler à mes semblables et de les conduire. Plusieurs fois par jour, je me suis adressé à eux dans cette vaste salle aux murs blancs et aux poutres sombres.

J'ai fait asseoir mes frères sur le sol de terre, j'ai marché parmi eux et leur ai dit :

— *Que je serai donc heureux de vous voir enfin avec moi, à l'école du Christ, et de soutenir dans mes mains le vase purifié de votre cœur pour qu'il le remplisse à l'onction de Sa grâce qui accompagne toute science ! Que j'aimerai à rompre avec vous le pain encore chaud et fumant, sortant à peine du four, comme on dit que le Christ se plaît souvent à donner d'une main généreuse à Ses pauvres !*

Je voyais leurs visages tournés vers moi, leurs yeux

qui ne me quittaient pas, et j'aimais que ma voix les retienne, attentifs, immobiles, comme si elle avait, par la grâce de Dieu, le pouvoir de les enchanter.

Je disais :

— *On apprend beaucoup plus de choses dans les bois que dans les livres ; les arbres et les rochers vous enseigneront des choses que vous ne sauriez entendre ailleurs ; vous verrez par vous-mêmes qu'on peut tirer du miel des pierres et de l'huile des rochers les plus durs. Ne savez-vous pas que la joie distille de nos montagnes, que le lait et le miel coulent de nos collines, et que nos vallons regorgent de froment ?*

Ainsi nous nous sommes préparés ensemble à notre entrée dans le monastère nouveau, à Cîteaux.

Moi en leur parlant, en leur décrivant la vie que nous allions mener et que je voyais devant moi comme si je l'avais déjà connue.

Eux en m'écoutant et en mettant à profit les jours qui nous restaient avant notre clôture pour en finir avec leur vie dans le monde, au mieux des intérêts de leurs proches.

Puis, un jour de mai, peu avant Pâques 1112, nous nous sommes rendus au château de Fontaines, là où résidaient ce mois-là mon père Tescelin Le Sor et mon plus jeune frère, Nivard.

Mon père me pressa contre lui.

— Ils t'ont écouté, dit-il. Tu es leur suzerain.

— Je ne suis que le vassal du Seigneur, ai-je murmuré.

— Tu sais convaincre et mener les hommes.

— J'écoute le Verbe qui entre en moi. Un jour, il te pénétrera aussi.

Nous nous séparâmes.

La route n'était pas très longue jusqu'à Cîteaux, mais nous allâmes à pied comme les pauvres moines que nous avions choisi d'être, et non plus comme d'orgueilleux chevaliers.

Nivard nous avait accompagnés jusqu'au pont-levis de la forteresse.

Notre aîné Guy lui cria :

— Te voilà l'héritier de tous nos biens. Tu es riche, maintenant !

Nivard eut un mouvement de révolte ; il secoua la tête, une moue rageuse déforma ses traits.

— Comment oses-tu dire cela ? Vous partez tous ensemble, vous prenez le Ciel et vous me laissez la terre. Le partage n'est pas égal !

Je me suis tourné vers lui.

— Ton jour viendra aussi, si tu le veux.

5.

Nous avions marché sous la voûte de la forêt, sombre malgré le jour. Tout à coup, après des taillis et une futaie qui m'avaient paru plus épais, je découvris la clairière et le bâtiment blanc de lumière.

Je levai la main et montrai la haie irrégulière et basse qui, au centre de la clairière, marquait la limite des terres de l'abbaye de Cîteaux.

Je me tournai et vis les visages tendus de trente hommes, mes frères, mes oncles, mes cousins, mes amis, qui avaient décidé de me suivre et de s'enfouir avec moi dans le silence et la prière.

Je les avais convaincus. J'avais été l'instrument de Dieu qui avait donné de la puissance à ma voix et de la force à ma conviction.

Je me sentais plus humble que le plus humble d'entre eux, mais Dieu m'avait choisi pour être leur guide, et j'étais donc responsable d'eux tous, comptable de ce qu'ils feraient.

J'ai dit :

— *Au-delà de cette clôture commence une autre vie. En la franchissant, que chacun sache qu'il abandonne un monde pour un autre, et si l'un d'entre vous doute encore, n'est pas persuadé qu'il quitte ce qui est vain pour ce qui est vrai, qu'il le dise !*

J'ai attendu.

Ils se sont serrés autour de moi. Alors j'ai franchi la clôture et tous m'ont emboîté le pas.

Un moine enveloppé dans sa robe et sa coule blanches nous conduit, par une étroite allée partageant des champs cultivés, vers un bâtiment aux rares fenêtres.

Des moines bêchent, labourent, sarclent sans lever la tête.

Je me souviens du règlement édicté par l'abbé Étienne Harding : toute la richesse de Cîteaux doit provenir de son agriculture. Aux moines de produire tout ce dont ils ont besoin.

Il nous faudra donc, comme eux, courber l'échine et apprendre le travail des mains.

Le moine pousse une porte. Voici la maison des hôtes. Les murs sont blancs et nus. L'abbé Étienne Harding veut que partout règne une austère pauvreté. Ici, à Cîteaux, point de réception dans des salles décorées de tentures, éclairées par des vitraux, devant des ornements liturgiques d'or et d'argent, pour les comtes, les ducs et les princes. Les grands de Champagne, de Bourgogne et de France seront reçus, a dit Étienne Harding, comme des novices.

Ainsi que nous le sommes.

On nous apporte du brouet tiède, des légumes bouillis et du pain noir. Et nous attendons dans le silence et le froid. Nous nous rapprochons les uns des autres. Mon frère Barthélemy s'agenouille et commence à prier ; nous l'imitons tous.

La nuit tombe et le silence devient plus dense encore. Nous nous allongeons à même la pierre. À plusieurs reprises, dans la nuit, une cloche bat, qui appelle sans doute les moines à la prière.

Puis un autre jour commence, d'autres lui succèdent. Nous sommes seuls, soumis à l'épreuve de cet abandon, de cette attente.

Guy, mon frère aîné, s'approche de moi et murmure :

— Bernard, que sommes-nous venus faire ici ? Bernard, pourquoi nous as-tu menés dans cette abbaye où personne ne nous accueille ?

J'ai, je l'avoue, connu un instant de doute. Moi aussi, je murmure pour moi-même : « Bernard, qu'es-tu venu faire ici ? »

Je regarde ces hauts murs, ces étroites fenêtres, ces dalles un peu ocre, cette voûte aux cintres de larges pierres.

Tout cela pour que l'âme ne soit pas distraite, qu'elle n'habite qu'elle-même.

Je réponds à Guy, je me réponds à moi-même :

— Nous sommes venus pour apprendre à aimer et pour nous connaître nous-mêmes.

Le quatrième jour, l'abbé Étienne Harding nous accueille dans la salle capitulaire, aussi nue que celle de la maison des hôtes.

C'est un homme maigre et grand, au visage émacié, à la large tonsure. Ses mains et ses bras sont dissimulés dans les amples manches de sa coule blanche.

Il vient à nous, nous dévisage l'un après l'autre, puis, d'une voix ferme, autoritaire même, nous interroge :

— Que demandez-vous ?

Je dis :

— La miséricorde de Dieu et la vôtre.

Tous ceux qui sont autour de moi — frères, oncles, cousins, amis — répètent cette phrase, et leurs voix se fondent comme dans un chœur.

L'abbé Étienne Harding s'est mis à marcher de long en large devant nous. Il nous parle d'une voix devenue douce, pareille à celle d'un père attentif. Il dit que nous sommes chevaliers, gens puissants et influents, apparentés aux ducs de Bourgogne, aux Capétiens, rois de France, aux ducs de Lorraine et, par là, à la famille de l'empereur du Saint Empire romain germanique.

— Vous êtes Fontaines et Montbard, Vitry et La Roche… Je ne vais pas vous nommer tous, évoquer vos ascendants normands, lorrains, bourguignons. Vous êtes habitués à la soie, à l'or et à l'argent des bijoux, à toutes ces pierreries qui ont illuminé vos vies. Vous avez bu le vin de Bourgogne le plus velouté dans des coupes ciselées, vous avez dormi dans des pièces chauffées, sous des couvertures de fourrure. Vous avez chevauché, chassé, connu les banquets où l'on mord dans la viande rôtie, saignante. Vous avez chanté, dansé, écouté les harpes et les luths…

Il s'interrompt, montre les murs nus.

— Ici, reprend-il, ce sera pauvreté, travail de paysan, lecture et silence, dortoirs glacés, nourriture sans saveur, observance d'une règle qui grandit l'âme par le renoncement aux plaisirs du corps.

Il hausse la voix.

— Écoutez ce que dit à cet instant votre cœur. Si vous renoncez, personne ne vous le reprochera. Tout homme a le droit de choisir son chemin vers Dieu. Celui d'ici est difficile, cailouteux, il côtoie des abîmes, s'élève vite vers les cimes. Avant de s'y engager, il convient de connaître l'état de son corps et de son âme.

Étienne Harding s'immobilise au centre de la pièce. Nous l'entourons. Son regard s'arrête longuement sur moi, puis il dit :

— Rentrez en vous-mêmes et répondez-moi. Vous êtes libres de quitter ce monastère. Souvenez-vous de vos plaisirs, de votre gloire et de votre puissance avant de choisir l'oubli du monde, l'humilité et le dénuement.

J'avance d'un pas. Je dis :

— Je renonce aux vanités.

Aussitôt, comme si à nouveau nous étions un chœur, mes frères, mes oncles, mes cousins, mes amis répondent comme moi.

Étienne Harding sort les bras de sa coule, les écarte et lance d'une voix forte :

— Ce que Dieu a commencé en vous, qu'Il le mène à bonne fin !

Nous répondons tous :

— Amen.

Je suis entré dans le dortoir, là où je vais coucher. Les lits sont proches les uns des autres.

Je m'avance dans la longue pièce et éprouve tout à coup un haut-le-cœur. Je crains de vomir, tant l'odeur de transpiration est forte.

Les moines viennent de rentrer des champs et prient, agenouillés près de leur lit. Ils n'ont lavé que leur visage et leurs mains, et je les vois qui s'allongent sans même se dévêtir.

La règle dit en effet qu'il faut vivre en ce monde comme un voyageur qui ne peut prendre le temps de laver et soigner son corps, ni même de quitter ses vêtements pour la nuit.

D'ailleurs, comment reposer alors qu'il faut se lever plusieurs fois pour aller prier ?

J'ai réussi à ne plus sentir, à ne plus voir, à ne plus entendre. Il me faut n'être plus qu'en moi-même, ignorant du monde pour mieux me connaître et tenter ainsi d'approcher Dieu.

D'un signe, le prieur m'indique que je dois partir aux champs. Je prends une bêche. Je commence à briser les mottes, à creuser des sillons. Il fait chaud. La sueur coule le long de mes joues, mon dos est douloureux, mon corps si las que j'ai l'impression que je ne vais pas pouvoir demeurer debout.

Je veux travailler pourtant, faire ma part.

Je sens qu'on m'observe. On me juge trop faible

pour la moisson. On me confie des tâches plus légères. Je balaie. Je lave.

J'aperçois Guy, Gérard, André, Barthélemy et mes oncles, mes amis. L'un d'eux, Geoffroy d'Aignay, architecte, était capable d'élever des voûtes si légères qu'elles paraissaient ne tenir que par grâce ou sorcellerie. De même savait-il dresser des clochers résistant aux tempêtes. Il est là, les mains dans la terre, comme un serf. Et, près de lui, agenouillés, creusant le sol, je reconnais mes oncles Gaudry de Touillon et Miles de Pouilly.

Je m'approche d'eux. La fatigue me fait chanceler. Ma bouche est remplie d'une salive acide qui me râpe l'estomac après avoir été cette lave qui me brûle les lèvres. Je ne puis avaler que quelques bouchées de ces légumes bouillis, de ce pain noir qu'on nous tend. Ni viande ni graisse n'apparaissent jamais sur les tables du réfectoire.

Je vomis une bile aigre.

Mais cela aussi il me faut le vivre.

Je dis à Geoffroy d'Aignay et à mes oncles :

— *Élevez-vous par l'humilité. Telle est la voie, il n'y en a pas d'autre. Qui cherche à progresser autrement tombe plus vite qu'il ne monte. Seule l'humilité exalte, seule elle conduit à la vie !*

Il me faut me soumettre à cette règle.

Je ne veux plus parler. Ne plus voir. Ne plus entendre. Je bourre mes oreilles d'étoupe pour ne pas même savoir ce que me disent mon père et mon frère Nivard, venus me rendre visite.

Je lis la surprise dans leurs yeux, car je ne réponds pas à ce qu'ils me disent, mais, dès que leurs lèvres cessent de remuer, je murmure des paroles anodines, puis me retire.

Je marche difficilement. Mon corps brûle. Mes yeux se ferment alors que je veux continuer à lire la Bible.

Certains jours, ma fatigue est telle que j'ai le sentiment d'être devenu insensible. C'est comme si mon cœur et mon corps épuisés étaient racornis par trop d'aridité.

Je me désespère de ne pouvoir aimer davantage ce Dieu qui semble me fuir. J'entre dans la chapelle, m'agenouille sur les dalles glacées, devant cet autel nu, puisque l'abbé Étienne Harding a ordonné que de tous les ornements liturgiques soit banni l'éclat du métal précieux.

— Recherchez la richesse de l'amour en vous, non dans le monde, répète-t-il.

Je mortifie mon corps. Je jeûne. Je m'épuise dans les travaux de nettoyage. Je lis la nuit. Je prie.

Un jour que je médite entre les colonnes, dans l'ombre et le silence de la nef, je me mets à trembler comme si quelqu'un m'avait pris par les épaules et me secouait. Je suis comme un arbre frêle ployé par la tempête. Tout à coup, des sanglots envahissent ma gorge et je ne puis m'empêcher de pleurer.

Puis ce vent cesse et je sais que l'Esprit a commencé de souffler en moi. Je comprends alors ce que signifie la devise que l'abbé Étienne Harding a donnée à l'abbaye de Cîteaux : « Ô bienheureuse solitude ! Ô seule béatitude ! »

J'ai donc franchi le désert, surmonté l'épreuve et la pénitence.

Le temps du noviciat s'achève ; me voici prêt à devenir moine de Cîteaux.

J'ai interrogé mes frères, mes oncles, mes cousins, mes amis, ces trente hommes qui forment avec moi notre phalange.

Guy, Gérard, André, Barthélemy ont comme moi maigri. Leurs joues sont creusées, leurs yeux brillants.

Il en va de même de tous ceux qui m'ont suivi. Tous sont prêts pour l'entrée définitive dans la vie monastique.

Je les réunis dans la salle capitulaire. Leurs yeux sont rivés sur moi. Je sens que tout mon corps vibre de fatigue et d'émotion.

Je commence à parler :

— *Voulez-vous savoir de moi pourquoi tous ces exercices de pénitence ? Parce que seule l'entrée dans la vie monastique constitue un second baptême, et que, pour être dignes de le recevoir, nous devons apprendre le silence, la pauvreté, l'humilité et la souffrance.*

À m'exprimer ainsi je ressens une émotion telle que ma voix en tremble. À voir tous les visages levés vers moi, je me sens le meneur de cette communauté.

Je dis :

— *Nous nous sommes nourris du pain de nos larmes. Le parfait renoncement au monde et l'excellence singulière de sa vie spirituelle distinguent l'existence monastique de toute autre manière de vivre et rendent ceux qui la professent plus semblables à des anges qu'à des hommes.*

Je me suis interrompu. Peut-être les mots m'ont-ils poussé trop loin, peut-être ai-je oublié l'humilité, le temps d'une comparaison ?

Je m'agenouille et, autour de moi, tous m'imitent.

— *Moines soumis à la stricte règle,* ai-je poursuivi, *nous conformons en l'homme l'image de Dieu, le dessinant semblable au Christ comme lors du baptême.*

Nous avons longtemps prié, puis nous nous sommes dirigés vers la chapelle.

L'abbé Étienne Harding nous regarde avancer. Nos robes et nos coules blanches sont déposées sur les bancs. Des moines s'approchent, nous nous agenouillons.

Je sens le froid des ciseaux sur ma tête. Les cheveux

tombent. Il n'en reste que cette corolle qui entoure la tonsure. Nous sommes admis et donc marqués.

D'un signe, l'abbé nous invite à revêtir notre habit de moine cistercien. Je sens contre mes joues et mes bras, ma nuque et mes mains, cette laine blanche, rugueuse, qui va me tenir lieu de seconde peau.

— Vous allez devenir mes frères en notre abbaye, dit Étienne Harding d'une voix lente et grave.

Nous nous jetons le visage contre les dalles et, ainsi allongés, bras en croix, nous prions.

— Relevez-vous, mes frères, reprend Étienne Harding.

Nous sommes moines.

Je m'avance le premier jusqu'à l'autel. Je m'y appuie, écris mon nom en marge du texte des Épîtres des Apôtres.

Mes trente frères signent à leur tour.

Nous sommes engagés aux côtés de Dieu autant qu'Il le voudra.

6.

Sortant de la nef, en cette journée d'avril 1113, j'ai vu le vert pâle des bourgeons et des nouvelles feuilles, le blanc et le rose des haies d'aubépine.

J'ai levé la tête et ai aperçu, traçant haut leur route, un vol d'oiseaux migrateurs comme une pointe de flèche effleurant le ciel clair. Je me suis retourné et il m'a semblé que je découvrais pour la première fois les bâtiments de l'abbaye de Cîteaux, leurs contreforts, leurs étroites fenêtres, leurs murs blancs.

À compter de ce jour, j'étais moine de cette abbaye. Je lui appartenais. Elle était ma mère. Elle me paraissait austère et forte. Je la voulais puissante. Je formais le vœu qu'elle essaime et que les novices, comme nous l'avions été un an auparavant, la rejoignent en sorte que le monde entier soit bientôt ordonné par notre règle, guidé par notre communauté.

J'ai respiré longuement en marchant par les sillons et en me dirigeant vers la forêt pour m'imprégner de ce parfum d'humus et de fleurs nouvelles. Durant plus d'une année, tout occupé à trouver en moi le chemin de Dieu, je n'avais rien vu ni ressenti du monde extérieur. Maintenant, j'étais moine et voyais à nouveau le monde.

Comment pouvais-je agir pour le rendre plus proche de Dieu ?

J'ai continué de marcher à travers la forêt. Les aubépines s'accrochaient à ma robe et à ma coule, me griffaient les mains quand j'écartais leurs rameaux. Mais, plus je m'enfonçais dans la futaie, et plus je me sentais envahi par une certitude : il fallait défricher le monde comme on ouvre une clairière pour que les hommes puissent s'y rassembler, labourer la terre, faire paître leurs troupeaux, dresser le clocher d'une église afin que la foi y rayonne.

C'est ce jour-là que j'ai pensé que je devais, avec mes frères, mes oncles, mes cousins, mes amis, semer d'autres abbayes qui seraient les filles de Cîteaux, l'abbaye mère, comme il y avait déjà des monastères rattachés à l'abbaye de Cluny.

Mais eux étaient les moines noirs qui — l'abbé Étienne Harding le laissait entendre — ne respectaient pas l'austérité de la règle : séduits par le chatoiement des couleurs et la douceur de la soie, par les reflets des pierreries, ils aspiraient à ce que leur refuge soit l'égal du palais d'un roi.

Moi, Bernard de Fontaines, moine blanc, je voulais, dans l'austérité des murs, que la seule grandeur fût celle de l'âme. La richesse est en nous, moines blancs, et dans notre prédication, non dans les choses qui nous entourent.

Les jours ont succédé aux jours : travail, prière, dortoir, réfectoire, lecture jusqu'à ce que les yeux ne soient plus que deux plaies brûlantes.

Souvent, au réfectoire, je renonce même à avaler ces légumes bouillis, chaque bouchée étant devenue pour moi comme une traînée de feu entre ma bouche et mon ventre. Par de longues périodes de jeûne, je veux tenter d'éteindre cet incendie qui me dévore le corps. Mais je sens aussi en moi une énergie, une volonté, une foi que rien ne pourra entamer ni détruire.

Mon extrême fatigue, j'ai même l'impression qu'elle devient une force, comme si je prenais appui sur elle pour réduire à merci mon corps, élever mon âme, exiger davantage de moi ; comme si la souffrance physique et même l'épuisement aiguisaient ma volonté, devenue la corde tendue d'un arc qui ne se relâche jamais, la douleur m'obligeant à rester sans cesse en éveil.

Prier, prêcher, agir, être constamment en mouvement pour tenter de fuir cette souffrance en moi. Ce feu de la douleur me contraint en permanence à avancer, à entreprendre.

Je rencontre régulièrement notre abbé, Étienne Harding. Il me reçoit dans sa petite cellule blanche où il entasse, sur une table, des manuscrits et des livres saints, les Écritures et les textes des Pères de l'Église.

Il me montre une Bible couverte de son écriture. Il a entrepris, m'explique-t-il, de la corriger avec l'aide de rabbins, notamment celui de Troyes, le grand Rashi, dont la sagesse et le savoir étaient immenses.

Il tend la main vers les manuscrits : nous sommes, dit-il, dans un grand moment de la connaissance, et il faut veiller à ce qu'elle contribue à approfondir notre foi. Il ne faut pas craindre les autres religions du Livre, explique-t-il. Pourquoi ne pas entreprendre une traduction du Coran ? À Paris, les étudiants sont de plus en plus nombreux et se pressent à l'école du chapitre de Notre-Dame, où le régent est un homme jeune que son intelligence et sa science ont imposé, Pierre Abélard. Son ancien maître, Guillaume de Champeaux, vient d'être élu évêque de Châlons-sur-Marne.

— Guillaume est l'une des lumières de ce temps, murmure Étienne Harding.

C'est le même Guillaume de Champeaux qui m'ordonne prêtre ; quand je m'agenouille devant lui, qu'il impose ses mains sur moi, j'ai l'impression qu'il m'exhorte à chercher sans relâche de nouveaux chemins pour la foi ; à écrire et à agir ; à être à la fois le moine blanc qui accepte la règle et la clôture, et le prédicateur qui s'adresse non seulement aux moines, mais aux hommes demeurés dans le siècle.

Au reste, que pourrais-je faire d'autre ?

La faiblesse de mon corps est telle que l'abbé Harding m'interdit de me livrer aux travaux des champs.

Je prêche donc, et me sentais humilié d'être contraint de me soustraire à une part essentielle de la vie monastique.

Je l'ai dit aux autres en ces termes :

— *Je ne vous prêcherais point si je pouvais travailler avec vous. Si je partageais vos travaux, mes prédications seraient peut-être plus efficaces, en tout cas cela serait davantage conforme au vœu de mon cœur. Mais je n'ai pas le pouvoir de travailler comme vous, tant à cause de mes péchés qu'en raison des infirmités de ce corps qui, comme vous le savez, m'est tellement à charge, et du peu de temps dont je dispose...*

Ainsi sont passées deux années.

Est-ce l'exemple que nous avions donné, nous, les trente et un jeunes chevaliers et puissants de ce monde, en choisissant d'entrer dans le nouveau monastère de Cîteaux, puis en devenant des moines blancs sans qu'aucun se dispense du respect de la règle ? Toujours est-il que de jeunes hommes sont venus de plus en plus nombreux frapper au portail de Cîteaux.

— Il faut essaimer, me confirme Étienne Harding.

Il veut que des abbayes filles de Cîteaux naissent sur un terrain situé en bordure de la Grosne, non loin de Chalon-sur-Saône. Et douze moines en effet quittent Cîteaux au printemps de 1113 pour aller construire des cabanes sur ce terrain où doit s'élever, à la force de leurs bras, l'abbaye de La Ferté.

Et il en va de même dans le diocèse de Morimond, proche de Langres.

Et c'est mon ami Arnold qui en devient abbé.

Et à Pontigny, entre Champagne et Bourgogne, c'est un autre de mes amis, Hugues de Vitry, qui part à la tête de douze autres moines pour y fonder une nouvelle abbaye.

— Arnold et Hugues de Vitry, me dit Étienne Harding, ce sont tes moines, de ceux que tu as conduits jusqu'ici. Il faut qu'entre vous, entre Cîteaux et ces nouvelles abbayes, le lien perdure, qu'un esprit commun nous unisse, qu'ainsi naisse un ordre où chaque abbé sera responsable de son abbaye, mais où, tous les ans, l'abbé de Cîteaux lui rendra visite pour s'assurer que l'esprit demeure, que la fille reste fidèle à la mère. Il faut une charte — Charte de charité — qui soit la règle de cet ordre cistercien que je vois naître avec ces premières abbayes filles.

On est en 1115. J'ai vingt-cinq ans.

L'abbé Étienne Harding me convoque un jour du début de juin.

Il est assis dans sa cellule, le visage caché dans ses paumes, les coudes sur les genoux, le dos voûté.

Il reste ainsi longuement, puis se redresse, croisant les bras dans les amples manches de sa coule.

— Connais-tu les terres de la haute vallée de l'Aube ? commence-t-il. Elles dépendent du diocèse de Langres et appartiennent à Hugues de Troyes. Elles sont couvertes de forêts si épaisses que la nuit semble ne se retirer que de la cime des arbres, laissant l'obscurité couvrir le sol et envelopper les troncs.

Il s'est levé.

— Hugues de Troyes nous cède l'une de ces terres si nous y fondons une abbaye fille de Cîteaux.

L'abbé vient vers moi.

— Je sais que tu lui es apparenté. Ton propre père, Tescelin Le Sor, est d'ailleurs peut-être à l'origine de cette donation. Il est donc juste que tu sois celui qui guide là-bas onze des tiens, onze parmi ceux qui t'ont suivi jusqu'ici. Tu seras leur abbé.

Il pose les mains sur mes épaules.

— Ces terres sont hostiles, murmure-t-il. Il te faudra défricher. Le froid y est rude. Il vient tôt. L'automne est pluvieux. Les averses, glacées. Le brouillard est si dense qu'on n'y voit rien à quelques pas. Vous serez seuls, mais tu seras la clé de voûte. Tu n'auras que cet été pour construire de quoi vous abriter à l'automne.

Il s'est écarté d'un pas.

— Tu es si frêle ! Ici, tu ne peux même pas travailler aux champs. Je t'ai choisi abbé malgré cela, que je sais et vois. Car ton regard brûle, ta voix tremble quand tu prêches. C'est un moine comme toi que je veux pour cette abbaye.

Je me suis agenouillé.

— J'aurai la force, ai-je murmuré.

Troisième partie

7.

Nous, les douze moines blancs, avons quitté le 25 juin 1115 notre abbaye de Cîteaux, cette mère qui nous avait fait naître.

La brume que commençait à iriser la lumière de l'aube glissait, poussée par la brise, le long des sillons. Elle s'accrochait aux haies et aux branches des arbres de la forêt voisine.

Je marchais le premier, portant la croix de bois.

Derrière venaient mes frères Guy, Gérard, André, Barthélemy, mon oncle Gaudry de Touillon, mes cousins Geoffroy de La Roche-Vaneau et Robert de Montbard. Il y avait aussi Gaucher, le plus vieux d'entre nous, dont je voulais qu'il devienne le prieur de cette nouvelle abbaye, fille de Cîteaux, que nous allions bâtir au fond d'une vallée proche de Ville-sous-la-Ferté.

J'avais demandé à Geoffroy d'Aignay, l'architecte, maître du compas et de l'équerre, de se joindre à nous. Car je désirais que s'élèvent au plus vite l'église et les bâtiments de l'abbaye.

Il nous fallait plus de dix jours pour gagner cette vallée. Déjà, au bout de quelques pas, la croix m'a paru lourde et j'ai dû me cambrer pour ne pas me laisser entraîner par elle et m'affaler par terre.

Mais je savais que j'atteindrais, fût-ce en rampant, ce lieu où nous bâtirions notre nouveau toit.

À l'orée de la forêt, je me suis retourné. J'ai vu mes compagnons chargés de nos missels, de mon psautier, de nos calices et de nos ciboires, de nos chapes et de nos chasubles, ainsi que des reliques de nos saints. Au-delà de notre petit groupe, j'ai aperçu l'église et les bâtiments de Cîteaux recouverts par le voile gris de la brume.

J'ai deviné, debout devant le porche, notre abbé, Étienne Harding, qui nous regardait nous éloigner.

J'ai été étreint par l'émotion. C'est lui qui nous avait accueillis. Lui qui avait fait respecter la règle, qui avait donné à Cîteaux ses premières filles, les abbayes de La Ferté, de Morimond et de Pontigny, et qui m'avait confié la mission d'en fonder une quatrième.

Je me suis agenouillé, mes compagnons ont fait de même et j'ai prié pour que Dieu inspire et protège l'ordre né de Cîteaux.

Je suis resté ainsi appuyé le front à la croix, puis je me suis redressé et tous, nous nous sommes remis en marche.

Nous avons traversé des forêts et, sous la pluie, parcouru des plateaux.

Dans les villages, les paysans se signaient sur notre passage, les femmes nous tendaient des cruches remplies d'eau fraîche et brisaient du pain noir à notre intention.

Nous avons couché sous les arbres, à même le sol. Le froid de la terre humide pénétrait nos corps. Je me suis mis à trembler de fièvre. Mais j'ai continué de porter la croix. Je sentais que mes compagnons ne me quittaient pas du regard ; je ne devais pas faiblir. J'étais leur abbé, leur guide.

Nous avons enfin atteint la vallée de l'Aube. Cela faisait huit jours que nous avions quitté l'abbaye de Cîteaux. Mes pieds étaient en sang, mes bras raidis, mes épaules douloureuses. J'avais l'impression que c'était la croix qui me soutenait, me tirait en avant.

Mes compagnons étaient aussi épuisés que moi, mais, lorsque nous avons commencé à descendre le long de la rivière, nous avons marché plus vite. Nous n'étions plus qu'à quelques heures de notre domaine, situé au confluent de l'Aube et de l'Aujon.

Quand nous y sommes parvenus, je me suis arrêté.

La vallée était encaissée. On entendait le bruissement de l'eau. Les pentes étaient couvertes d'arbustes. Des ronces s'accrochaient à nos robes et à nos coules. J'ai levé les yeux et j'ai vu la forêt qui, comme un rempart naturel, protégeait la vallée. Puis j'ai humé le parfum des bouquets d'absinthe qui poussaient, innombrables, sur la terre humide. C'était le Val d'absinthe que le soleil illuminait de ses rayons.

J'ai dit :

— C'est la claire vallée.

C'est elle que, plus tard, nous appellerions Clairvaux.

J'ai planté la croix dans la terre. Je me suis agenouillé. Ici notre monastère, notre église allaient naître.

Déjà mes compagnons s'étaient mis à défricher le terrain autour de la croix. Je me suis relevé et j'ai commencé moi aussi à empoigner des touffes d'absinthe et à tirer de toutes mes forces, surpris par ce regain d'énergie qui me faisait oublier ma fatigue.

Nous n'avons plus cessé de travailler. Seule la nuit nous contraignait à nous interrompre pour quelques heures seulement.

Nous nous levions dès que l'ombre commençait à refluer et la vallée résonnait alors du choc des haches sur le tronc et les branches.

Il nous fallait édifier au plus tôt quelques cabanes pour pouvoir affronter les pluies d'automne et les rigueurs de l'hiver.

Nous ne nous arrêtions que quelques instants, en milieu de journée, pour mâchonner des baies sauvages, un peu d'orge, de fèves ou d'herbes.

Parfois, des paysans s'approchaient et nous observaient, effarés, craintifs même.

Je me redressais, regardais mes compagnons et comprenais les sentiments que nous inspirions. Nos coules n'étaient plus blanches, mais noircies par la terre, lacérées par les ronces. Nos visages étaient gris de barbe et de fatigue, nos mains couvertes d'écorchures, nos yeux brillants d'épuisement, de fièvre et de foi.

Souvent, les paysans revenaient et, près de la croix ou devant l'entrée des premières cabanes, déposaient un peu de pain, des poires, des pommes, des raves ; parfois, nous trouvions dans une écuelle des légumes cuits dans un peu de graisse salée.

Un matin, alors que ma fatigue était si grande que je titubais en traversant la clairière que nous avions enfin ouverte dans l'entrelacs de buissons et de ronces, je vis s'avancer vers moi deux moines noirs.

Je m'immobilisai. Je ne voulais pas qu'ils devinent ma faiblesse et notre misère. Nous avions choisi, voulu l'austérité.

Ils s'arrêtèrent devant moi, me considérèrent longuement, puis l'un d'eux se mit à pleurer et me serra contre lui.

Des paysans les avaient alertés, m'expliquèrent-ils. Ils appartenaient au prieuré de Clémentinpré, qui dépendait de l'abbaye de Cluny. Ils me proposèrent de nous accueillir. Ils montrèrent les pentes encore couvertes d'arbustes, nos misérables cabanes qui ne nous protégeraient pas des grandes pluies d'octobre et de novembre. Nous allions mourir de froid et de faim.

— Dieu ne le veut pas, ai-je dit.

Et j'ai repris mon travail, aidant mes frères Guy et Gérard à rouler des troncs.

Les moines s'éloignèrent, mais, quelques heures plus tard, ils s'en revinrent, nous apportant du pain de froment, de l'huile, du sel et du miel.

Je n'ai rien pu avaler de cette nourriture tant mon corps était refermé sur lui-même, habitué à ne recevoir qu'une boule d'herbes ou de légumes à peine cuits.

Mais j'exigeai de Geoffroy d'Aignay et des autres qu'ils reprennent des forces.

Notre architecte avait commencé à diriger la taille des premières pierres arrachées au versant de la vallée et à élever des murs. Il fallait en effet marquer par une clôture le périmètre de notre monastère.

Déjà, nos humbles constructions en bois, la petite chapelle surmontée de notre croix avaient transformé le paysage. L'abbaye de Clairvaux était encore vagissante, mais rien ne pourrait plus l'empêcher de croître.

Ainsi que je l'avais prévu, j'ai désigné Gaucher comme prieur, puis j'ai chargé mon frère Gérard de diriger les travaux des champs, car il nous fallait produire nous-mêmes notre nourriture ; enfin, j'ai choisi mon frère Guy pour gérer le peu d'argent dont nous pouvions disposer et les dons que nous recevrions.

Car déjà on nous rendait visite. On nous implorait, puisque nous étions si proches de Dieu, d'intercéder auprès de Lui afin qu'Il sauve tel ou tel homme ou enfant que la mort tirait par la manche.

Je priais. Parfois on revenait, les bras chargés de vivres, pour me remercier d'avoir supplié Dieu qui avait entendu ma prière.

Je compris, à ces visites de plus en plus nombreuses, qu'il était temps pour moi de solliciter de l'évêque de Châlons-sur-Marne la consécration abbatiale. En me mettant en route, un matin, avec l'un de mes compagnons, le frère Erbaud, un homme de haute taille choisi par les moines pour me protéger et me soutenir, je mesurai combien j'étais déjà attaché à Clairvaux.

Je me suis arrêté plusieurs fois, alors que nous étions encore dans la vallée, pour contempler notre humble église et nos cabanes de planches au milieu de la clairière que des murs commençaient à ceinturer.

Là était pour toujours ma demeure.

Nous avons marché dix jours durant. Des paysans nous ont nourris. Des chiens errants nous ont attaqués, qu'Erbaud a chassés à coups de bâton. Enfin, nous sommes arrivés à Châlons et nous nous sommes présentés au palais épiscopal.

Comme une volée d'étourneaux, les clercs nous ont entourés de leurs piaillements. Qui étions-nous ? D'où venions-nous ? Clairvaux, une abbaye cistercienne ? Qu'était-ce donc que cela ?

Ils se turent quand s'avança Guillaume de Champeaux.

J'aimais cet évêque qui avait recréé à Châlons l'école qu'il avait dû abandonner à Paris, rejeté par ses propres étudiants qui avaient préféré l'enseignement d'un des leurs, cet Abélard dont on m'avait déjà parlé à plusieurs reprises.

Je m'agenouillai devant lui. Il m'aida à me redresser, puis me soutint en me voyant tout à coup chanceler.

— Ce palais épiscopal, cette ville, cet évêché sont les tiens, Bernard, me dit-il. Ils sont à ton abbaye que je consacre fille de Cîteaux, maillon de l'ordre cistercien. Que ton œuvre s'amplifie, que Dieu t'aide à répandre partout ta parole, que chacun veuille te rejoindre et que se multiplient ainsi les abbayes de ton ordre !

Je demeurai quelques jours à Châlons, dans le palais épiscopal. Guillaume de Champeaux passait plusieurs heures par jour auprès de moi qui avais dû rester alité, incapable de marcher, comme si toute la fatigue accumulée s'était déversée d'un coup, m'engloutissant.

Seuls mon esprit et ma voix avaient échappé à la noyade.

J'écoutai Guillaume évoquer ce Pierre Abélard qui, fou d'orgueil, croyait que sa raison pouvait tout expliquer de Dieu et de Ses mystères. On disait même qu'amoureux d'une de ses élèves, Héloïse, accueillie sous le toit de l'oncle de la jeune fille, un professeur nommé Fulbert, il menait une vie dissolue.

Mais Guillaume ne s'attardait guère sur cet épisode. Le péché de chair, cet amour pour Héloïse, n'était que la manifestation du désir d'Abélard de ne point rompre avec le monde et ses vanités. Là était le péril, car son exemple fascinait les étudiants de l'école du chapitre de Notre-Dame, qui s'égaraient ainsi sur des chemins sans autre issue que l'hérésie.

Je sais qu'à cet instant je me suis soulevé, m'aidant du coude, puis m'asseyant au bord du lit, et, prenant appui sur l'épaule de Guillaume, je me suis enfin levé, disant qu'il nous fallait regagner maintenant l'abbaye de Clairvaux dont j'étais l'abbé consacré.

Cette abbaye et toutes celles qui naîtraient, si Dieu m'aidait à ajouter de nouveaux maillons à l'ordre cistercien, seraient les citadelles de la foi, les remparts de l'Église contre tous les errements.

— *Nous serons, ai-je dit, hors du monde, respectant notre règle pour nous préserver des tentations, mais*

je retournerai parmi vous dès qu'il faudra défendre
l'Église et la vraie foi.

Guillaume de Champeaux nous accompagna jusqu'à
la porte de Châlons.

Il m'assura qu'il rendrait visite à Clairvaux et s'y
retirerait quelques jours chaque fois qu'il ressentirait
le besoin de se recueillir dans le silence.

— Clairvaux est à vous, ai-je murmuré.

— Nous sommes la chevalerie de Dieu, a répondu
l'évêque en me serrant contre lui.

Nous avons repris la route, Erbaud me précédant de
quelques pas, écartant du bout de son bâton les herbes
et les ronces qui barraient les sentiers. Nous avons
marché à vive allure, dormant à peine, cheminant la
plus grande partie de la nuit. Quand nous sommes
parvenus au sommet de la dernière colline, celle qui
domine notre vallée, nous nous sommes agenouillés de
fatigue et d'émotion.

Clairvaux se déployait devant nous dans la blanche
lumière de l'aube.

8.

C'est notre premier hiver ici.

J'écoute le bruit des bêches qui tentent de concasser le sol gelé. Je vois s'entasser la neige blanche dans le creux de la vallée. Je tâtonne, un autre matin, parce que le brouillard glacé est si dense que mon corps semble s'y dissoudre.

J'entends les plaintes de mon cousin Robert, de mon jeune frère André. Ils travaillent à l'érection de notre église dont nous avons déjà élevé les murs de pierre. Geoffroy d'Aignay essaie dans l'obscurité de la nuit de continuer à tracer sur ses parchemins, à la lueur d'une bougie, les arcs de voûte qui vont s'appuyer sur les contreforts.

Je ne sais même plus ce que cela signifie de manger. Gaucher, notre moine prieur, me tend une écuelle dans laquelle je devine des herbes et des feuilles de hêtre bouillies. J'essaie de les mâcher, mais je ne peux rien avaler. Dans le réfectoire — une cabane de planches un peu plus spacieuse que les autres —, quelques-uns de mes compagnons repoussent eux aussi leur nourriture.

Je vois les moines disparaître d'un pas hésitant dans le brouillard, le dos courbé par la fatigue. Peu après, j'entends pourtant le bruit que font leurs pioches, leurs haches, le raclement des truelles, le choc des burins sur la pierre.

Car jour après jour nos bâtiments s'élèvent. L'église au printemps se dresse, blanche et fière, et son clocher carré appelle le regard de Dieu.

À quelques pas, le bâtiment abritant la cuisine et le réfectoire au sol de terre battue, et, au-dessus, le dortoir où chaque moine s'allonge dans un coffre de bois qui ressemble à un cercueil.

Mais pourquoi aurions-nous peur de la mort, nous, les serviteurs de Dieu ?

Je dors dans une petite cellule si basse de plafond que je dois y avancer tête baissée ; elle est si mal éclairée par une étroite lucarne, si bien que j'use mes yeux à lire.

Mais suis-je ici pour le confort du corps ou bien pour la grandeur de l'âme ?

Quand je resonge à ces premiers mois, je me demande comment nous avons survécu, comment nous avons pu construire ces bâtiments, cette église et ce cellier, ce moulin, cette hôtellerie aux murs épais, alors que nous souffrions de la faim et du froid. C'est Dieu qui nous a protégés, Lui qui nous envoya ces paysans chargés d'orge, de miel et de lait.

C'est Dieu qui a fait connaître notre misère, qui a

fait savoir comment, si on ne nous tendait pas la main, nous allions disparaître.

Alors des envoyés des nobles de Bourgogne et de Champagne nous ont apporté vêtements et nourriture. On nous a offert le sel et le pain.

Puis mon cousin Josbert de Grancey, vicomte de La Ferté, a fait don à l'abbaye d'un *nouveau domaine*, et, pour le défricher, il nous a confié de jeunes hommes qui sont restés à l'abbaye comme nos frères convers, nous aidant dans l'exécution des travaux manuels.

Mais il fallait que chacun de nous — telle était notre règle — continuât de les pratiquer, retournant le sol, semant, sarclant, ou bien taillant des pierres et dressant des murs sous la direction de Geoffroy d'Aignay.

Je devais, comme tous les moines, suivre cette règle.

Mais, un matin de l'hiver 1116, alors que depuis plusieurs jours j'étais contraint de jeûner, la gorge et l'estomac brûlants, je n'ai pas trouvé la force de me redresser, de me lever, et je suis retombé sur ma paillasse avec la sensation de m'enfoncer dans un abîme.

Je ne sais combien de temps je suis resté inanimé. J'ai pensé que Dieu allait me rappeler à Lui, que la mort m'avait pris par la main, et que si elle ne m'entraînait pas avec elle, ma vie ne serait plus qu'un calvaire, une longue agonie.

Combien de jours ai-je ainsi passé seul ?

Je me souviens du visage de Guillaume de Champeaux, proche du mien. J'entends sa voix me murmurer qu'il a obtenu du chapitre de Cîteaux, qui gouvernait toutes les abbayes de l'ordre, le droit de m'ordonner ce que je devais faire, et qu'obligation m'était faite de lui obéir.

On m'a transporté dans une petite cabane construite à mon intention hors des limites de l'abbaye.

J'étais ainsi dispensé, sur ordre de Guillaume, du strict respect de la règle. J'ai ressenti cela comme une souffrance plus vive encore que celle qui me dévorait le corps, comme une épreuve supplémentaire que Dieu m'infligeait pour me faire comprendre que j'étais entre Ses mains et que je devais rester humble.

Peut-être avait-Il senti que la naissance de Clairvaux, sous ma direction, et le titre d'abbé qui m'avait été décerné alors que je n'avais que vingt-cinq ans, risquaient de me griser ?

Il fallait donc m'agenouiller et obéir.

Je me suis soumis et suis resté couché dans cette modeste chaumière qui ressemblait à celles qu'on a coutume de bâtir pour les lépreux aux carrefours. Je recevais la visite de mes frères qui me rassuraient sur la marche de l'abbaye. De Châlons, Guillaume de Champeaux venait souvent s'asseoir de longs moments auprès de moi, évoquant ses joutes avec Pierre Abélard dont les idées, les succès et les mœurs continuaient de l'inquiéter.

Je recevais aussi la visite d'un autre Guillaume, un moine bénédictin, abbé de Saint-Thierry, qui combattait lui aussi les idées d'Abélard et envisageait de quitter l'ordre de Cluny pour rejoindre l'une de nos abbayes.

Je me souviens qu'il me dit avoir le désir de partager la pauvreté et la simplicité d'une cabane comme celle où je le recevais, qu'il était écrasé autant qu'offusqué par la richesse de Cluny et de son abbaye.

— Si l'occasion m'en est donnée, je choisirai de vous servir.

Ces mots étaient comme un baume épandu sur une plaie.

Je sentais que notre pauvreté rayonnait, qu'elle était notre richesse, qu'elle attirait les âmes exigeantes, qu'il fallait la préserver comme notre bien le plus précieux. En être persuadé me faisait oublier la détresse de ma condition.

Guillaume de Saint-Thierry s'était étonné que je pusse ainsi subir la loi d'un paysan auquel Guillaume de Champeaux m'avait demandé d'obéir. L'homme avait le menton lourd, les paupières tombantes. Il marchait pesamment, la tête dans les épaules. Il grognait plus qu'il ne parlait, mais il avait la réputation de connaître le secret des maladies, et c'est pourquoi sans doute l'évêque de Châlons l'avait choisi. Il me contraignait à boire de l'huile ou du sang frais. Je ne protestais pas, lié que j'étais par mon serment d'obéissance à Guillaume de Champeaux, persuadé d'être dans la main de Dieu.

— *Jusqu'à présent,* ai-je dit à Guillaume de Saint-Thierry, *des hommes raisonnables m'ont obéi ; à présent, Dieu a jugé que je devais me soumettre à une espèce d'animal sans raison. Mais Dieu a Ses raisons et sait pourquoi Il agit ainsi.*

Était-ce l'effet de ces médications sauvages ou bien la joie que m'insufflaient dans ma souffrance les propos de Guillaume de Saint-Thierry ? Toujours est-il que je sentais que j'allais pouvoir non pas guérir, mais vivre avec la maladie, et donc continuer d'agir.

J'aspirais à aller de ville en ville, dire ce que nous étions, inviter les jeunes chevaliers à me suivre, à nous rejoindre ici, me donner ainsi les moyens de faire naître, à partir de notre abbaye de Clairvaux, d'autres filles de l'ordre cistercien, afin que dans l'ensemble du monde chrétien elles deviennent les clés de voûte, nues mais à toute épreuve, de l'Église.

9.

J'ai marché jusqu'à Châlons. C'était l'automne et l'averse m'a accompagné tout au long du chemin.

Puis je me suis rendu à Langres, à Foigny, à Auxerre, à Reims, à Château-Landon, à Dijon et en tant d'autres lieux que j'oublie. C'était l'hiver, la neige me cinglait le visage et se glissait sous mon capuchon. Mes mains pourtant enfoncées dans les larges manches de la coule étaient rouges, ankylosées, ma peau crevassée d'engelures.

Sur ces chemins de Bourgogne et de Champagne, j'ai aussi connu, oppressante, la chaleur orageuse de l'été, et le feu qui n'avait jamais cessé de brûler dans ma poitrine se faisait encore plus vif.

Pour autant, je n'ai pas cessé de marcher, m'appuyant à cette branche noueuse que mon jeune cousin Robert avait taillée à mon intention. Je serrais dans ma paume ce bois qui, au fil des mois, s'était poli. Parfois, il m'avait aussi fallu le brandir pour écarter des chiens errants qui ressemblaient à des loups.

Dans les villages et les villes, on venait à moi. On m'arrêtait.

J'étais donc, demandait-on, l'un de ces moines blancs qui vivaient dans la pauvreté et travaillaient la terre comme des serfs alors qu'ils avaient été ducs, comtes, chevaliers ?

On m'interrogeait avec insistance.

Est-ce que je connaissais Bernard, l'abbé de Clairvaux, un saint homme qui priait debout, nuit et jour, jusqu'à ce que ses jambes fléchissent, mais qui n'en continuait pas moins, agenouillé ? Était-il vrai qu'il était si malade, que son corps était si tourmenté, qu'il vomissait chaque jour les herbes bouillies dont il s'alimentait ? Les autres moines avaient été si incommodés par les bruits et odeurs de ses vomissements durant l'office qu'ils avaient obtenu que leur abbé prie seul dans sa cellule, relégué comme un lépreux. Il portait un cilice. Il mortifiait son corps jusqu'à ce qu'il ne fût plus qu'une pauvre dépouille dolente. Et pourtant, assurait-on, cet homme parcourait les chemins, et sa parole était si enflammée que les jeunes chevaliers, mais aussi les plus riches nobles, décidaient, après l'avoir entendu, de se faire moines blancs à Clairvaux. Cet homme souffrant était comme Jésus-Christ sur sa croix. Ils répétaient :

— Le connais-tu, toi qui es moine blanc ?

Je répondais que ce Bernard était un moine que l'état de son corps empêchait de respecter la règle cistercienne, qu'il s'y essayait à chaque fois que sa santé le permettait, mais qu'il n'avait peut-être pas assez de volonté pour surmonter la douleur.

— Jésus-Christ, lui, a porté la croix tout au long du calvaire !

Ils s'indignaient, me bousculaient même.

Comment osais-je parler ainsi d'un homme qui avait accompli des miracles, guéri des malades en priant Dieu, et, avec une poignée de moines, construit cette abbaye de Clairvaux dont le rayonnement s'étendait déjà au loin ?

Je disais alors :

— Je le connais bien. Je suis Bernard de Clairvaux.

Ils s'agenouillaient. Ils voulaient que je les bénisse. Ils m'imploraient pour leurs proches aux portes de la mort, pour la grêle qui menaçait leur récolte, ou pour la sécheresse qui durcissait et fendillait leurs champs.

Parfois ils voulaient me retenir :

— Parle-nous ! suppliaient-ils. Dieu nous protégera-t-Il ?

Ils craignaient l'orage et la guerre, la lèpre et la famine, les loups et les voleurs, mais aussi les chevaliers qui, chassant le chevreuil ou le sanglier, cavalcadaient à travers leurs récoltes, laissant sur leur passage de larges saignées dans les épis mûrs.

— Parle-nous ! répétaient-ils.

J'ai parlé.

Aux paysans qui se pressaient autour de moi et me retenaient par les pans de ma robe, me demandant de les protéger d'un seigneur qui avait pillé leur église, dévasté leur moisson, violé leurs filles, exigé qu'on lui livrât la plus grande part de la récolte, ne laissant même pas de quoi réensemencer les champs.

Ils se lamentaient. Ils exigeaient que j'appelle sur ce seigneur le châtiment de Dieu.

Je disais :

— *Dieu sait, Dieu voit, Dieu juge. L'ordre du monde tel qu'Il l'a voulu exige de chacun de nous qu'il respecte sa place. Paysan, tu laboures. Chevalier, tu combats. Clerc, tu pries. Et toi, manouvrier, laboureur, tu nourris l'ordre qui te protège, et celui qui t'enseigne l'amour de Dieu.*

Je disais :

— *Il ne faut pas appeler le châtiment de Dieu sur un seigneur. Dieu décidera du sort de chacun. Prions ensemble !*

Et je restais ainsi dans certains villages, agenouillé parmi les paysans.

Parfois, des messagers venaient annoncer que le seigneur oppresseur avait été subitement frappé par une maladie et qu'il fallait que je me rende à son chevet afin de le préparer à comparaître devant Dieu. Je devais le confesser, lui administrer l'extrême-onction.

Mais je ne bougeais pas, disant à haute voix, afin d'être entendu des paysans :

— *Si cet homme rend aux paysans et à l'église ce qu'il leur a pris, s'il fait serment de ne plus opprimer les pauvres placés sous sa juridiction, s'il se repent du dol qu'il a causé, alors il recevra les sacrements.*

Et le seigneur faisait pénitence ; je le confessais et Dieu lui accordait Son pardon.

Les paysans juraient qu'ils allaient se rendre à Clairvaux avec du lait et du miel, du froment et du sel, et que certains d'entre eux resteraient à l'abbaye pour nous aider aux travaux des champs.

J'ai parlé aux étudiants de Châlons rassemblés autour de leur écolâtre, Étienne de Vitry.

Je leur ai dit :

— *Vous ne connaissez pas la sainte vie qui vous prépare au salut éternel. Ici vous vous perdez. Devenez les chevaliers de l'Église ! Priez dans la pauvreté ! Vivez avec humilité et permettez à notre abbaye de devenir mère de plusieurs filles qui, à leur tour, essaimeront. Ainsi s'élèveront partout nos monastères, et notre règle cistercienne deviendra la loi de l'Église. Dieu sera satisfait et la pureté s'étendra sur les hommes, qui confesseront leurs péchés. Et l'infidèle sera vaincu !*

Les étudiants se sont agglutinés autour de moi en criant :

— Nous te suivons, Bernard de Clairvaux !

Dans toutes les autres villes où j'ai parlé, de jeunes chevaliers, des nobles, des clercs, des lettrés, une multitude m'a écouté puis s'est mise en route pour rejoindre Clairvaux.

Certains seigneurs qui possédaient de vastes domaines confessaient qu'ils étaient trop attachés à leurs biens, à leurs femmes, à leur nourriture grasse et salée, à leurs guerres, à leurs chasses, pour prendre l'habit et la coule du moine blanc.

Mais barons, ducs et comtes offraient à l'abbaye de Clairvaux une partie de leurs forêts et de leurs terres cultivées, voire certains villages dont ils étaient les suzerains, pour que Dieu leur remît leurs péchés.

— Ne nous oublie pas dans tes prières, Bernard de Clairvaux, disaient-ils, comme nous ne t'oublierons pas dans nos dons !

Je suis rentré à Clairvaux, mon bâton et mon corps si usés que je me suis laissé tomber sur les dalles de notre église, devant l'autel.

Je n'avais plus assez de forces pour prier, que ce soit debout ou à genoux.

Mais j'avais vu, en franchissant la clôture, les nouveaux bâtiments, leurs murs blancs dressés sur la terre noire.

J'avais entendu les chants des moines, mes frères.

J'avais traversé les champs cultivés, et le prieur m'avait dit que, chaque jour, il accueillait de nouveaux novices, ceux qui m'avaient entendu.

Mais l'on venait aussi de plus loin que la Champagne ou la Bourgogne. En outre frappaient au portail des moines qui avaient quitté leur abbaye, leur ordre, et demandaient à être admis à Clairvaux, à connaître la pauvreté, le travail, à se soumettre à la règle cistercienne. Le prieur m'avait interrogé : pouvait-on accueillir ces transfuges que leurs abbés allaient réclamer ?

J'ai dit :

— Tu le peux.

Pourquoi rejeter celui qui recherche la vie la plus austère afin de plaire à Dieu ? Pourquoi ne pas donner plus de force à l'ordre cistercien dont je voulais qu'il devînt la colonne maîtresse de l'Église ?

Si Dieu guidait vers Clairvaux ces hommes-là, si Dieu m'avait donné la force de les convaincre, à moi dont le corps était si faible qu'il ne me portait plus, n'était-ce pas qu'Il approuvait ce projet, qu'Il soutenait mon entreprise ?

Le nombre des moines de Clairvaux fut bientôt si grand, les domaines offerts à l'abbaye si vastes, que je pus désigner Hugues de Vitry pour qu'il fondât dans la forêt de Trois-Fontaines notre première abbaye fille.

Et je choisis mon cousin Geoffroy de La Roche-Vaneau pour devenir abbé de Fontenay, près de Montbard. Ce fut là notre deuxième « fille ».

Et, plus loin, près de Laon, je chargeai le moine Rainaud de bâtir celle de Foigny.

Cela faisait seulement six ans que nous avions, à douze moines blancs, défriché ce fond de vallée, devenu notre abbaye mère de Clairvaux.

Qu'importait alors que mon corps ne fût plus que souffrance ? Que mes vomissements m'empêchassent de me recueillir avec mes frères dans notre église, durant l'office ?

Dieu voulait sans doute que je n'oublie jamais ma condition d'humain.

Il voulait que la force de ma parole, ce don qu'Il m'avait fait, se trouvât compensée par la faiblesse de mon corps, et qu'ainsi les nausées dont je souffrais fussent une manière de vomir l'orgueil d'être Bernard de Clairvaux.

10.

J'entends les voix du chœur.

Elles résonnent sous les voûtes blanches de l'église. Claires et puissantes, elles montent jusqu'à ma cellule, cette soupente au plafond bas, proche du dortoir, où je suis contraint de demeurer.

J'ai tenté de me rendre aux champs, mais mes genoux ont vacillé comme si ces longues marches de ville en ville, des mois durant, les avaient usés.

Et je ne puis même pas participer à l'office, incapable que je suis de me retenir de vomir ces glaires aigres et nauséabondes. J'ai eu beau placer dans ma stalle un vase pour les recueillir, le bruit et l'odeur ont par trop gêné mes frères, et je me suis retiré ici.

J'écoute les chants. J'écoute les pas des moines sur les dalles, le raclement des cuillers au fond des écuelles, puis le martèlement des ciseaux qui taillent les pierres.

Notre abbaye de Clairvaux est devenue une ruche dont les essaims se détachent pour en créer d'autres.

Et je suis là, inutile.

Je prie, certes. Mais je veux encore agir. Et, puisque je ne peux plus aller physiquement vers les hommes, leur faire entendre ma parole, j'écris.

Que mes phrases des *Louanges de la Vierge mère* courent d'une abbaye à l'autre !

Je veux qu'on prêche dans nos églises, qu'on lise ces homélies au réfectoire de chacune de nos abbayes, que le culte de Marie se répande. J'écris :

« *Pour que Marie conçût du Saint-Esprit, il fallut, comme elle le dit elle-même, que Dieu jette les yeux sur l'humilité de Sa servante plutôt que sur sa virginité. Si elle a trouvé grâce par sa virginité, elle n'en a pas moins conçu par son humilité.* »

Voilà ce que je veux enseigner : l'humilité. Elle doit s'imposer à tous, et même au plus grand des souverains, à cet empereur du Saint Empire romain germanique, Henri V, qui prétend investir les évêques, lui qui n'est pas l'homme de Dieu.

J'ai écrit à tous les abbés de notre ordre pour qu'ils apportent leur appui au pape Calixte II qui, au concile de Reims, condamne les investitures laïques et la vente des fonctions religieuses — comme si l'Église n'était qu'une richesse parmi d'autres à gérer et monnayer ! L'Église est le bien suprême sur cette terre, et en son cœur il y a l'ordre cistercien, et dans cet ordre, en son centre, il y a mon abbaye de Clairvaux !

Mais, pensant ainsi, n'ai-je pas à mon tour oublié l'humilité ?

J'étais si heureux d'ouvrir les portes de Clairvaux à tant de jeunes chevaliers, d'y accueillir mon cadet, Nivard, qui avait lui aussi, comme nous, ses frères, décidé de renoncer au glaive, au vin, aux femmes, à la soie, à l'avidité, à la guerre et à la chasse, pour revêtir la robe et la coule blanches.

Peu après, j'ai serré contre moi mon père, Tescelin

Le Sor, venu lui aussi à Clairvaux se préparer à quitter ce monde dans la paix de la foi, à l'abri des hauts murs blancs, entouré par tous ses fils.

J'étais fier d'apprendre que mes écrits étaient lus dans toutes les abbayes, même celles qui n'appartenaient pas à notre ordre. Et je n'invitais pas les moines noirs qui venaient jusqu'à la porte de Clairvaux à regagner leur monastère d'origine.

Je savais qu'à Cluny l'abbé Pons de Melgueil avait protesté auprès du pape Calixte II.

Mais, à Cluny, l'âme me paraissait aveuglée par l'abondance et le luxe. Comment pouvait-on s'élever quand on avait le corps lourd de ceux qui chaque jour engloutissent une viande grasse et s'abreuvent de vin ? Quand on avait pris l'habitude de la tiédeur des couvertures et qu'on chantait dans une église aux murs couverts de tapisseries de haute laine ?

Je voulais le corps maigre, que rien dans ce qu'il éprouvait ne le retienne en ce monde, lui fasse préférer le règne de la chair à celui de l'esprit.

Je pensais qu'à Claivaux, dans notre ordre, on était prêt à cette vie sublime, épurée de toute boue.

J'avais oublié l'humilité.

Et j'ai été frappé au plus près de mon cœur.

Après qu'il eut fait un bref passage à l'abbaye de Cluny, comme hôte, et qu'il fut devenu novice à

Cîteaux, j'avais accueilli à Clairvaux, dans notre ordre, mon cousin Robert de Montbard.

J'aimais ce jeune homme et, pour cette raison, mais aussi parce que je voulais qu'il fût le plus pur d'entre nous, j'ai veillé à ce qu'il respectât notre règle sans jamais obtenir le moindre accommodement.

Il a jeûné. Il a travaillé de ses mains. Il s'est réveillé au milieu de la nuit, et, au matin, comme s'il avait eu tout son soûl de sommeil, il a retrouvé les chantiers de nos bâtiments.

Et il a eu froid dans le dortoir, couché au fond de sa caisse mortuaire.

Il a respiré l'âcre odeur des corps couverts de sueur.

Et j'ai imaginé, en le voyant amaigri, qu'il trouvait dans ces meurtrissures et cette mortification la joie sublime de s'élever vers Dieu.

Je me suis absenté quelques jours et, à mon retour à Clairvaux, j'ai vu que mes frères s'écartaient de moi comme s'ils n'osaient affronter mon regard.

C'est Gérard qui m'a dit que, après la visite à Clairvaux du prieur de Cluny, Robert de Montbard avait décidé de quitter notre abbaye et de retrouver le monastère où il avait séjourné quelques mois sans être ni novice ni moine, auquel ne le liait donc que le souvenir d'une vie plus douce, celle d'un palais, qu'il y avait connue.

Puis j'ai appris que l'abbé de Cluny, Pons de Melgueil, avait obtenu du pape Calixte II que Robert fût délié des vœux qu'il avait prononcés à Clairvaux et qu'il devînt désormais moine noir à Cluny.

Comprendra-t-on ma douleur ?

J'ai quitté ma cellule malgré l'épuisement.

Le feu brûlait dans tout mon corps.

J'ai marché à travers champs, malgré la neige qui tombait dru. J'ai eu le sentiment que Dieu avait voulu me châtier, me blesser au plus intime de ma foi, pour me faire comprendre que l'orgueil dans lequel je m'étais peu à peu enfermé m'aveuglait et que je demeurais vulnérable.

Il me fallait reconnaître que je n'avais pas prêté assez d'attention à Robert.

Rentré dans ma cellule, je suis resté longtemps dans l'obscurité. Puis j'ai appelé un frère et j'ai commencé à dicter, arpentant cette petite pièce où je devais me tenir tête baissée :

« Je t'ai souvent blessé. Je ne le nie pas. Certaine-ment, c'est moi qu'il faut accuser de ton départ, car je me suis montré trop austère pour la délicatesse de ton âge, et je n'ai pas ménagé suffisamment ta jeu-nesse. C'était là, si je m'en souviens bien, le prétexte habituel de tes murmures, et c'est le grief que, je crois, tu conserves contre moi maintenant que tu es éloigné... Je pourrais m'excuser et dire qu'il était nécessaire de recourir à ces moyens pour vaincre en toi la pétulance de l'âge, et qu'il faut dès le début à la jeunesse une discipline dure et sévère. Car l'Écriture dit : "Châtie ton fils avec la verge et tu délivreras son âme de la mort", et ailleurs : "Dieu châtie ceux qu'Il aime." Mais j'oublie ces excuses... »

J'ai dicté ainsi longuement, puis je me suis rendu

dans notre église et j'y ai prié en silence, la tête appuyée à une colonne.

Quand je suis ressorti, la neige avait cessé de tomber et le paysage était engourdi sous une blanche épaisseur. Pas un pas, pas une patte de lièvre ou de sanglier, pas la plus légère trace d'oiseau n'avait encore violé la surface immaculée.

Alors j'ai pensé que je devais m'adresser non seulement à Robert, mais à tous ceux qui, comme lui, dans notre ordre cistercien, ou bien dans l'Église, étaient attirés par la vie facile de Cluny.

Je me suis remis à dicter :

« Je m'excuse de te le dire, mais tout ce que tu t'accordes en nourriture, en vêtements superflus, en vaines paroles, en rêverie libre et curieuse, toutes licences bien éloignées de ce que tu as promis et observé chez nous, cela sans doute c'est regarder en arrière, c'est prévariquer, c'est apostasier ! »

Je me souviens de la colère qui m'habitait tandis que je parlais.

Dieu m'avait certes puni pour mon orgueil, mais j'ai compris qu'Il voulait aussi que je condamne ces prieurs qui, sous leur vêtement de brebis, n'étaient que des loups ravisseurs.

Il fallait que je m'oppose à cette religion qui recommandait le vin et blâmait l'abstinence, qui traitait de folie le jeûne, les veilles, le silence et le travail des mains, qui se complaisait dans le bavardage, l'amour de la table et l'oisiveté.

J'ai envoyé cette lettre au prieur de Cluny, à Robert, et copie dans toutes les abbayes de l'ordre cistercien.

J'en étais persuadé : Dieu m'avait infligé cette souffrance pour que j'entre en croisade contre tous ceux qui, sous l'habit du moine, voire, pourquoi pas, sous celui de l'évêque, refusaient l'austérité de la vraie foi.

J'ai su, dans et par la peine que m'avait causée la fuite de Robert, que je devais combattre pour la réforme de l'Église et pour faire triompher l'exigeante règle cistercienne.

Quatrième partie

11.

Je suis resté plusieurs heures agenouillé dans ma cellule, appuyé au rebord de ma couche, cette planche recouverte d'une paillasse et d'une mince couverture.

J'ai prié à voix haute pour que les mots résonnent fort dans ma tête et chassent ainsi de ma mémoire ce récit qu'un moine, arrivant de l'abbaye de Saint-Denis, m'avait fait dans la matinée.

Il m'avait d'abord avoué qu'il s'était enfui sans avoir obtenu l'autorisation de départ de son nouvel abbé, Suger, un savant homme qui avait l'oreille de Louis VI mais n'avait imposé aucune règle aux moines de son abbaye.

— Suger est l'abbé du roi plutôt que de ses moines, avait-il répété.

Il voulait demeurer à Clairvaux, se soumettre à la discipline, travailler de ses mains — et il les avait tendues vers moi. Pour lui, avait-il ajouté, il n'y avait d'autre façon de vivre qu'en se retirant du monde et en priant afin de rejoindre Dieu par le cœur, par l'adoration de la Vierge, par la méditation des Livres saints, non par le jeu de la raison comme on faisait maintenant dans les écoles de Paris où l'on avait oublié les leçons de Guillaume de Champeaux.

Ce nom m'avait ému. L'évêque de Châlons, qui avait tant veillé sur moi, venait de mourir et nous avions ici, dans notre église, célébré plusieurs messes pour accompagner son âme vers le Très-Haut.

Je savais qu'à Guillaume de Champeaux prônant l'élan de la foi qui permet de vivre les mystères Pierre Abélard et ses étudiants avaient préféré les jeux vains, secs, pervers de la raison orgueilleuse, imaginant ainsi se rapprocher plus sûrement de Dieu.

— Abélard s'est réfugié à l'abbaye de Saint-Denis, avait poursuivi le moine.

J'avais écouté ses propos avec effroi, puis avec un dégoût si grand que je n'avais pu m'empêcher de vomir, comme si mon corps avait voulu exprimer sa réprobation, son refus d'admettre que des clercs pussent se comporter de la sorte.

Car Abélard, sous le toit de son collègue Fulbert, avait aimé Héloïse, la nièce de ce dernier, et l'avait engrossée. Un enfant était né et Abélard avait proposé d'effacer sa faute en épousant secrètement la jeune femme. Emporté par la colère, Fulbert avait payé des gens de sac et de corde pour qu'ils se saisissent d'Abélard et le châtient en l'émasculant.

Héloïse avait pris le voile à Argenteuil. Abélard s'était réfugié, encore ensanglanté, à l'abbaye de Saint-Denis où on l'avait soigné. Puis, au bout de quelques semaines, à la demande de ses étudiants, il avait recommencé à enseigner bien qu'un concile réuni à Soissons eût condamné sa manière de penser.

Il sévissait donc encore. Il continuait à pervertir des âmes. Sa conduite m'apparaissait comme l'enfant bâtard de sa philosophie. Il n'aimait pas Dieu en son cœur. Il considérait la foi en Notre-Seigneur non comme un acte d'amour, mais comme un produit du raisonnement.

Voilà ce qu'il me fallait combattre ! Voilà pourquoi il fallait se soumettre à une règle, la nôtre, celle des Cisterciens, qui, par la mortification, enseignait l'humilité.

Il fallait que le plus grand nombre d'hommes s'y adonnent. Et que toutes les abbayes se réforment afin de la respecter.

Je n'avais pas le droit de rejeter un seul moine, une seule abbaye qui aurait manifesté le désir de s'y plier.

J'ai dit au moine de Saint-Denis qu'il pouvait demeurer parmi nous, à Clairvaux.

Je savais que le combat serait difficile, qu'il me faudrait le mener par la parole et par l'écrit, que je devrais m'éloigner souvent de ma cellule, de mon abbaye, et user de toute ma force de persuasion pour convaincre abbés, moines, évêques, et jusqu'au pape. Mais aussi les ducs, les rois, et jusqu'à l'empereur.

J'en ai éprouvé une vive inquiétude. Je me souviens d'avoir murmuré avec angoisse :

— *Je suis la chimère de mon siècle. Ni clerc, ni laïc, j'ai déjà dû abandonner la vie de moine, mais j'en porte encore l'habit.*

Puis la prière m'a pénétré de la certitude que telle était bien ma mission. Et qu'il me fallait fustiger — comme je l'avais fait en écrivant cette lettre à mon cousin Robert — les moines et tous ceux qui oubliaient que Dieu est exigence de pauvreté et d'amour.

Être moine n'était pas avoir choisi de vivre dans une niche confortable.

J'ai commencé à décrire l'un de ces moines satisfaits et vaniteux que l'on rencontrait à Cluny et dans les abbayes dépendant de celle-ci :

« Ce moine est fort diligent dans tout son particulier et très paresseux dans les choses communes. Il est toujours veillant sur son lit et dort continuellement au chœur comme pendant les matines. Il ne fait que sommeiller pendant que les autres chantent. Lorsque, après matines, les autres sont dans le cloître, il demeure seul dans l'oratoire, il crache, il tousse, il ne fait qu'incommoder ceux qui sont au-dehors par les gémissements et les soupirs qu'il pousse du lieu secret où il s'est retiré... »

J'ai ainsi écrit *Les Degrés de l'humilité* et de l'orgueil et j'ai tenu à ce que ma lettre soit répandue partout, afin qu'on sache que j'avais engagé le combat et que je serais, dans cet affrontement, impitoyable avec mes ennemis, car c'étaient le sort et l'âme de l'Église qui étaient en jeu.

Et je me montrerais plus exigeant encore avec ceux qui m'étaient proches.

Quand ma sœur Hombeline, qui s'était mariée, est venue frapper au portail de Clairvaux, que je l'ai vue hésitante, mécontente de sa vie, je l'ai convaincue d'entrer dans la vie monastique et de se soumettre à la plus dure des règles. Elle échapperait ainsi aux perversions et aux pièges de la vie laïque.

Je n'ai cessé de parler qu'à partir du moment où elle

a cédé, me disant qu'elle m'obéirait, qu'elle se sépa-
rerait de son mari.

— C'est à Dieu que ton âme doit être soumise, lui
ai-je dit.

Et je l'ai fait accompagner au monastère de Jully,
près de Dijon. J'ai su qu'en toutes ses contraintes elle
respectait la règle la plus stricte et qu'elle deviendrait
un jour la prieure de son monastère.

Je l'avais donc emporté, et j'ai compris que la
volonté, l'obstination, l'habileté, toutes les formes de
la rhétorique devaient être mises au service de Dieu.

Mais j'avais des ennemis résolus et aussi déterminés
que je l'étais…

L'un d'eux, l'abbé de Cluny, Pons de Melgueil, était
une puissance redoutable. Il gouvernait un ordre qui
comptait en France neuf cents monastères, et près de
mille deux cents dans la chrétienté entière.

C'était lui, le loup ravisseur qui avait enlevé mon
cousin Robert, celui qui préférait l'abondance à l'abstinence ; c'est cet abbé-là qui avait voulu être pape,
puis qui, ayant échoué, était devenu l'un des proches
conseillers de Calixte II, qu'il avait circonvenu, si bien
que le souverain pontife lui avait donné raison contre
moi à propos de Robert.

Mais Dieu veillait, et la vanité perdit Pons de Melgueil : il fut destitué par ses propres moines et, à la
fin, partit pour la Terre sainte, non pour défendre le
Saint-Sépulcre, mais pour fuir et s'enrichir.

J'ai cru que son successeur, Pierre de Montboissier, que l'on appela le Vénérable, élu en 1122 à la tête de l'ordre clunisien, serait mon allié. Un moine me l'avait décrit comme un homme sage. Âgé d'à peine trente ans, on le disait bon, issu d'une famille qui avait déjà donné à l'Église les abbés de Vézelay et de La Chaise-Dieu. Il était auvergnat et donc prudent, mais aussi curieux de tout.

On m'avait assuré que, dès son arrivée à Cluny, il avait ordonné que l'on commençât la traduction du Coran afin de connaître le livre des infidèles.

Il avait aussi exigé que la vie de sa communauté ne fût pas seulement tournée vers la jouissance de la table et du luxe. J'avais donc imaginé qu'il me soutiendrait.

Mais il était à la tête de l'ordre clunisien, et l'ordre cistercien était devenu, grâce à Clairvaux — et donc, je le dis sans vanité, grâce à moi —, un modèle et, de fait, le rival de Cluny.

Nous étions comme deux chevaliers contraints de s'affronter en tournoi.

Un jour, on posa sur ma couche une lettre qu'il m'avait écrite. Je mesurai dès les premières phrases l'habileté de Pierre le Vénérable.

Il me flattait, me disait son affection et son admiration.

Imaginait-il qu'il pourrait ainsi me désarmer ?

Puis il attaquait ceux qui m'entouraient, me conseillaient, écrivaient en mon nom.

Mais c'était moi qu'il accusait, en fait !

Nous autres Cisterciens, moines blancs, étions, disait-il, de ces pharisiens « qui se considèrent sans égaux et s'élèvent au-dessus des autres », alors que nous aurions dû, comme n'importe quels moines, nous « estimer les plus vils et les derniers des hommes ».

« Vous portez avec orgueil un habit de couleur insolite, poursuivait-il, et, pour vous distinguer de tous les moines de l'univers, vous arborez ostensiblement vos coules blanches parmi les frocs noirs… »

Mais il formulait de plus graves accusations.

À lire Pierre le Vénérable, nous inventions des obligations que saint Benoît, le créateur de la règle monastique, n'avait jamais énoncées.

« Vous nous faites grief de porter des pelisses et des fourrures qui ne sont pas prescrites par la règle, argumentait-il. Si la règle ne porte aucune défense contre elles, au nom de quelle autorité osez-vous nous attaquer ? »

Je ne pus m'empêcher d'admirer l'éloquence de Pierre le Vénérable, la façon dont son esprit retors retournait contre moi la règle de saint Benoît.

Elle n'édictait rien non plus, poursuivait-il, en ce qui concernait la nourriture ; rien à propos du travail des mains.

« La règle, disait-il, ne nous a pas commandé le travail pour lui-même, mais pour chasser l'oisiveté qui est l'ennemie de l'âme. »

Je relus plusieurs fois sa conclusion, violente : « Vous n'êtes que des éplucheurs de syllabes, et vous voulez faire de Dieu un être semblable à vous : un ratiocineur ! »

J'eus l'impression qu'on me giflait, et je n'avais pas souvenir d'avoir reçu dans toute ma vie, même au plus loin de mon enfance, une telle semonce.

Mais ce n'était pas moi seul que Pierre le Vénérable cinglait de ces phrases méprisantes, ironiques et perverses !

Il s'en prenait à nos abbayes, à notre ordre, à ce que nous représentions depuis que nous avions créé Clairvaux : la volonté de réformer l'Église, et d'abord ses monastères.

Entre nous, entre le moine noir et le moine blanc, c'était un duel pour le meilleur service de Dieu.

Avec ma lettre à Robert, j'avais, le premier, baissé la lance et chargé. Pierre le Vénérable frappait à son tour d'estoc et de taille.

Je devais répondre avec autant d'habileté que celle qu'avait déployée l'abbé de Cluny.

J'ai décidé d'adresser une longue *Apologie* à Guillaume, abbé de Saint-Thierry, esquivant ainsi le reproche de chercher un affrontement direct avec Pierre le Vénérable, le choc de deux ordres monastiques qui constituaient les deux colonnes de l'Église.

Je ne voulais pas apparaître comme le rival de l'abbé de Cluny au sein de l'Église.

J'étais « le plus misérable des hommes », en effet,

comme doit l'être tout moine, j'étais « au fond de l'obscurité », mais j'avais eu le front de juger le monde, de m'attaquer à l'ordre glorieux… et aux saints personnages qui y menaient une vie digne de louanges… Allons donc !

À malin, malin et demi ! Moi aussi, je savais manier l'ironie, flatter comme un rhéteur ! Mais je devais aussi planter ma lance, et non pas seulement me dérober par un pas de côté.

J'ai dénoncé ceux qui faisaient bombance et déposaient plats de poisson, œufs et vin sur les tables de réfectoire, ceux qui paraient de dorures et de soieries leurs églises.

« *Ô vanité des vanités, et moins encore vaine qu'insensée !*

« *Lorsque les veines sont gonflées par le vin et qu'elles battent dans toute la tête, que faire en sortant de table, sinon dormir ?* »

Comment prier dans une église dont les pierres sont revêtues d'or, et dans des cloîtres décorés « *de monstres ridicules, d'étranges beautés difformes… ?* »

Voilà ce que j'écrivais.

J'assenais un dernier coup en dénonçant cet ordre clunisien et ses abbayes où la lumière du monde était devenue ténèbres, où le sel de la terre s'était affadi :

« *Ceux dont l'existence devait être pour nous un chemin de vie ne nous montrent que des exemples de superbe : ils sont devenus des aveugles conducteurs d'aveugles.* »

J'étais sûr que les meilleurs d'entre les moines, ceux que la cécité n'avait pas encore frappés, liraient mon *Apologie*, et sans doute Pierre le Vénérable, dont on me rapportait les premiers efforts pour faire respecter la règle à Cluny, était-il, malgré ses attaques contre moi, l'un d'eux.

Mais Dieu a sans doute voulu lui infliger une plus dure leçon que celle que je pouvais lui administrer.

C'était l'hiver de l'an 1124 et jamais je n'oublierai le froid et la faim de ces mois-là.

Toutes les rivières, l'Aube comme l'Aujon, avaient gelé. La terre sous la neige était si dure qu'elle sonnait comme une cloche.

Les greniers des châteaux étaient vides, et que dire alors de ceux des paysans ?

La Mort seule était grasse et joyeuse, rôdant partout, sa grande faux sur l'épaule, et l'on retrouvait dans les chemins et les forêts les corps des hommes et des animaux qu'elle avait moissonnés.

Elle s'était avancée jusqu'à notre abbaye, et, d'un grand mouvement du bras, sa lame tranchant l'air glacé, elle avait récolté plusieurs de nos convers et de mes moines, si maigres qu'on craignait, chaque fois qu'ils s'approchaient, d'entendre l'entrechoquement de leurs os.

Je n'étais pas plus malade qu'à l'ordinaire, mais j'avais l'impression que je ne pourrais plus jamais avaler la moindre nourriture tant mon corps était maigre, mon estomac atrophié, ses parois collées l'une à l'autre. Si, au réfectoire, on me tendait un quignon de pain noir, je mettais à le mâcher et à le déglutir un si long moment que l'opération me laissait épuisé.

Je continuais de prêcher, pourtant.

Dieu sévissait, disais-je, pour nous punir de ne pas avoir empêché les manquements que certains d'entre nous, appartenant à d'autres ordres, avaient commis, et pour avoir permis que l'un de nos abbés, Arnold, responsable de notre abbaye fille de Morimond, quittât ses moines pour s'en aller faire un pèlerinage en Terre sainte !

Est-ce que notre règle cistercienne prévoyait cela ?

Oui, nous sommes punis pour ne pas avoir assez vite condamné l'abbé Arnold ! Et voilà la faim, la glace, le bruit que fait la faux en tranchant les vies !

C'était le printemps de l'an 1125 ; les survivants cherchaient sur le sol de leurs celliers et de leurs greniers quelques grains pour ensemencer leurs champs.

Mais, tout à coup, ils virent passer une troupe de chevaliers arborant la peau tannée des pèlerins de Terre sainte ; à leur tête, ils reconnurent l'abbé Pons de Melgueil qui revenait de Jérusalem, avide de reprendre la tête de l'abbaye et de l'ordre de Cluny. Derrière lui courait une horde de soldats, de paysans dont la troupe grossissait, car les affamés espéraient obtenir de Melgueil du butin pour l'aide qu'ils allaient lui apporter.

Pons de Melgueil donna l'ordre de défoncer le portail de l'abbaye à coups de hache. On enchaîna Pierre le Vénérable et on chassa les moines qui lui étaient fidèles.

Soldats et paysans se répandirent dans le monastère, les fermes et bâtiments qui en dépendaient.

Quelques moines de Cluny vinrent frapper à notre porte afin de se réfugier dans notre abbaye. Ils racontèrent comment Pons de Melgueil avait pillé tous les trésors de Cluny, vendant les crucifix, arrachant les plaques d'or de l'autel.

Je fermai les yeux.

C'était comme si Dieu avait voulu que Cluny fût punie par où elle avait péché. Ses richesses avaient attiré les pillards, et ceux-ci l'avaient laissée pauvre et nue comme elle aurait dû être. Car, une fois les biens de l'abbaye volés et dispersés, les voleurs s'étaient égaillés, laissant Pons de Melgueil seul.

Celui-ci avait alors dû fuir, allant chercher à Rome une protection auprès du pape Honorius II.

Mais des visiteurs m'apprirent qu'il avait été emprisonné et que Pierre le Vénérable avait recouvré tous ses droits sur l'ordre de Cluny, qu'il avait aussitôt entrepris de réformer. Dans son abbaye de Saint-Denis, l'abbé Suger avait lui aussi réprimé les abus qui corrompaient sa communauté.

J'ai remercié Dieu.

J'avais combattu pour Lui et il me semblait que, dans ce tournoi entre deux manières de vivre au sein de l'Église et de nos abbayes, les couleurs que je défendais l'avaient emporté.

On me rapportait que partout, dans toutes les abbayes, on lisait et commentait mon *Apologie*.

On répétait aux supérieurs de l'ordre ce que j'avais écrit :

« *Le Seigneur, par Son prophète, menace de réclamer aux pasteurs le sang de ceux qui mourront dans le péché ; je m'étonne que nos abbés laissent commettre de telles infractions...* »

Ils les interdisaient, désormais.

Les « *aveugles conducteurs d'aveugles* » avaient recouvré la vue.

Dieu nous avait permis d'accomplir ce miracle.

12.

C'était un autre hiver de grand froid et de grande faim.

Je guettais, la nuit, le râle bref des troncs que le gel fendait. Le matin, je regardais ce ciel implacable, miroir vide de la détresse qu'aucun oiseau ne traversait, qu'aucune fumée ne ternissait.

Je me dirigeais vers la porte de notre abbaye. J'écoutais le murmure des pauvres qui se pressaient, attendant qu'on leur distribuât le peu qui nous restait. Leurs visages étaient gris, leurs yeux si enfoncés qu'ils étaient déjà des cavités où nichait la mort. Et, dans nos champs, sur la neige, des corps gisaient, nus, car on les avait dépouillés de leurs hardes.

À la lisière de la forêt, dans la pénombre, brillaient les prunelles de loups aux aguets.

On disait que des hommes, redevenus sauvages, s'étaient rassemblés dans les futaies et surgissaient comme une horde silencieuse, enlevant les femmes et les enfants pour les égorger en forêt, les rôtir et s'en repaître.

Je disais au prieur :

— Il faut tout donner.

Nous avions vidé nos coffres des sous d'or que nous possédions pour acheter, à quelques gros ventres aux greniers encore pleins, du grain à distribuer.

Je devinais que certains de mes moines s'inquiétaient de mon attitude. Ils avaient faim ; ils savaient que nous ne disposions plus de réserves.

Je leur remontrais que le Christ n'était pas un empereur ou un prince vivant dans l'opulence. Il avait vécu comme un pauvre. Il avait offert sa souffrance et jusqu'à sa vie pour soulager les misères humaines. Il était le plus humble, le plus démuni de nous tous.

Il avait dit : « Apprenez de moi que je suis doux et humble de cœur. »

— *Je me demande*, continuais-je, *comment a pu s'introduire chez des moines le goût de l'excès dans le boire et le manger, les vêtements, la literie, les équipages, les bâtiments, comment un monastère est réputé d'autant plus pieux et régulier que les choses y sont étudiées, plus délicates et plus répandues...*

Comme le Christ, je voulais que nous fussions nous aussi dépouillés, souffrants, voués à la misère, pratiquant la charité. Moines, répétais-je, nous devions être les plus misérables des hommes.

Il le fallait si nous voulions être dignes du Christ, du Tout-Puissant qui nous avait créés à Son image.

J'étais heureux d'apprendre que, dans les abbayes de l'ordre de Cluny ou dans celle de Saint-Denis, les abbés se dépouillaient peu à peu de leurs atours et imposaient aux moines une règle austère.

L'ordre cistercien, cela se confirmait, servait de modèle. On me lisait et mes critiques étaient entendues.

J'ai écrit à Suger, l'abbé de Saint-Denis, conseiller du roi Louis VI :

« Une heureuse nouvelle est parvenue jusqu'à moi et ne peut que faire du bien à tous ceux qui l'apprendront... Qui vous a fait aspirer à une telle perfection ? J'avoue entendre tant de choses sur vous que même si je les désirais, je n'osais les espérer. Qui aurait imaginé que, d'un bond, pour ainsi dire, vous alliez vous élever aux plus hautes vertus et atteindre aux mérites des plus sublimes ?... Ce qui nous attristait seulement mais totalement, c'était l'apparat et le faste qui vous accompagnaient dans vos déplacements et qui s'affichaient avec une certaine insolence... Voici qu'à présent on s'occupe chez vous de Dieu, on s'applique à la continence, on y veille à la discipline, on s'y livre à de saintes lectures... Nul bavardage ne s'entretient plus avec les oisifs, l'habituel vacarme des garçons et des filles ne frappe plus les oreilles... »

Et j'ai remercié Dieu.

Cette victoire me confirmait dans ma résolution : purifier l'Église afin de purifier le monde et de le sauver.

L'hiver s'est retiré lentement et une herbe d'un vert tendre a réussi à percer la croûte terrestre.

Un matin, alors que la nuit s'attardait, j'ai entendu le chant d'un oiseau et c'était comme s'il annonçait que la vie l'avait emporté, que Dieu était miséricordieux, que Pâques approchait, apportant la joie de la résurrection.

J'ai senti sourdre en moi de nouvelles forces. Je devais les mettre au service de Notre-Seigneur, traquer tous ceux qui ne respectaient pas Sa loi.

Je ne pouvais me contenter de la réussite de Clairvaux qui s'apprêtait à faire surgir de nouvelles abbayes à Igny, en Champagne, à Reygny, non loin d'Auxerre, et à Ourscamps, dans le diocèse de Noyon. Il me fallait sortir de ces forteresses de la foi pour aller prêcher parmi les laïcs la juste parole.

Je n'ai pas eu à choisir le moment.

Un jour que tous les abbés de l'ordre étaient réunis à Cîteaux en chapitre général, j'ai vu entrer dans la salle l'archevêque de Sens et l'évêque de Paris.

Je connaissais le premier, Henri de Boisrogue, qu'on avait surnommé « le Sanglier » et qui avait d'abord mené une vie scandaleuse. Puis il s'était repenti et j'avais pensé que cette conversion à une existence digne de sa mission était due à l'influence que l'ordre cistercien avait acquise sur l'Église. Henri le Sanglier m'avait d'ailleurs demandé d'écrire un traité, *Des mœurs et du devoir des évêques*, que j'avais rédigé dans la fièvre.

J'avais fustigé ces prélats qui cèdent aux tentations, ces ambitieux qui « *s'estiment vils, et même bafoués, s'ils ne sont pas élevés à quelque charge éminente, alors que l'évêque aurait dû ressembler à celui qui n'avait pas de place où poser sa tête et qui regardait*

avec des yeux de colombe les biens tant divins que
transitoires... »

Je savais qu'ainsi je critiquais la première vie du
« Sanglier », qui avait fréquenté la cour de Louis VI et
s'était montré avide dans sa quête de toutes les
jouissances.

Mais il était là, dans notre abbaye de Cîteaux, et,
avec lui, Étienne de Senlis qui, ayant voulu réformer
son évêché de Paris, avait été chassé de sa charge et
privé de ses revenus par Louis VI. Le roi de France
avait été circonvenu par ses adversaires, qui contes-
taient ses réformes et souhaitaient continuer de vivre
dans le luxe.

J'ai longuement écouté l'archevêque de Sens et
l'évêque de Paris parler avec humilité. Ils nous demandaient notre appui et j'en ai éprouvé un sentiment non
d'orgueil, mais de fierté. L'ordre cistercien, nous, les
moines blancs, moi, Bernard de Clairvaux, constituions
bien la clé de voûte de l'Église.

Il me fallait être à la hauteur des espérances que
nous soulevions, aider ces deux hommes et donc
affronter le roi de France.

Pourtant, le souverain commença par ne pas céder
à nos demandes, jetant au contraire l'interdit sur
l'évêque de Paris.

Je suis rentré à Clairvaux. J'ai prié dans notre église.

Quelques années auparavant, le pape Calixte II
avait réussi, au concordat de Worms, à faire plier l'empereur Henri V, obtenant qu'il renonçât à désigner les

évêques. Ainsi avait pris fin la « querelle des Investitures ».

C'était maintenant à moi de faire plier Louis VI. Il fallait que le roi de France respectât les droits de l'Église en la personne de ses évêques. C'était moi, Bernard, abbé de Clairvaux, qui devais lui faire entendre raison. Le monarque devait trembler devant nous, moines cisterciens, qui incarnions la puissance de la parole divine.

J'ai dicté une lettre destinée à Louis VI :

« *Puisque vous ne voulez pas nous entendre, votre impiété sera punie par la mort de votre premier-né Philippe, que vous venez de faire sacrer. La nuit dernière, en effet, je vous ai vus en songe, vous et votre fils Louis, prosternés auprès des évêques que vous avez méprisés hier, et j'ai compris que le décès de votre fils Philippe allait vous forcer à supplier l'Église. Seule, elle est en droit de vous accorder de sacrer votre second fils à la place de son frère aîné.* »

J'avais vu cela en songe.

Je n'ai pas été surpris quand Louis VI a promis qu'il respecterait les abbés et les évêques, mais je n'avais pas imaginé que ma victoire allait susciter la jalousie de certains cardinaux et qu'on allait, à Rome, me réprimander. Fallait-il donc aussi réformer la curie romaine ?

J'ai pensé pour la première fois qu'un jour, peut-être, un moine blanc serait pape, que d'autres deviendraient évêques et qu'ainsi la rigueur de l'ordre finirait par s'imposer à toute l'Église.

Pour l'heure, il me fallait me défendre, écrire à Rome que je n'avais agi que pour la justice et le respect des droits des évêques.

J'ajoutai :

« J'aurai beau me taire, le murmure des églises ne cessera pas de s'élever contre la curie romaine si elle ne cesse elle-même de porter préjudice aux absents, par complaisance pour ceux qui l'obsèdent par des démarches intéressées. »

Jamais il ne fallait relever la lance ni abandonner le tournoi.

Parfois, pourtant, j'ai senti la lassitude m'envahir.

J'avais besoin de la solitude de ma cellule au plafond bas, du chuchotement des prières dans l'oratoire, au milieu de la nuit, de la voix des chœurs résonnant sous la voûte blanche, et de ce chant d'oiseau, au point du jour, qui faisait voler en éclats le silence de la campagne.

Il me semblait que, dans ce combat nécessaire que je livrais en m'opposant à certains évêques, à de puissants abbés, voire au roi de France ou à la curie romaine, je risquais de perdre cette union intime avec Dieu, cette fusion avec la Vierge Marie que me dispensait la méditation.

J'étais sûr de mener le juste combat dans le monde laïc, je remportais des victoires, mais — et le Très-Haut, je le savais, m'observait ! — je pouvais, pris par les affrontements de pouvoirs et les nécessités de la bataille, en venir à oublier le but, l'amour de Dieu.

À cette pensée, l'angoisse m'étreignait et je m'enfermais aussi longtemps que possible dans ma cellule. Comme le plus anonyme des moines de Clairvaux, je me soumettais de nouveau à la règle et m'enfouissais dans la prière.

Je lisais les Livres saints, je dictais.

Mon seul souci était de préserver l'amour de Dieu, cette flamme vive qui, née de la grâce et du libre arbitre, ne se nourrissait que de l'élan personnel. Les mots m'exaltaient et, lorsque j'avais fini de me laisser porter par les phrases, je me rendais compte que j'avais composé en un rien de temps, comme sous la dictée, deux traités que les copistes allaient reproduire.

Mais je voulais que ces manuscrits, *De l'amour de Dieu* et *De la grâce et du libre arbitre*, fussent aussi dépouillés que l'architecture de nos abbayes. Je disais aux copistes :

— Les lettres seront d'une seule couleur, et non peintes !

Je ne voulais pas que le sens de ce que j'avais écrit fût altéré par l'élégance des formes.

Comme dans nos constructions, je voulais que la nudité des pierres, des lettres, l'harmonie puissante des voûtes, des pleins et des déliés, la simplicité des lignes fissent ressortir toute la force de la foi.

J'étais sûr qu'ainsi on atteindrait à une inaltérable beauté.

À ceux qui s'étonnaient, dont je sentais qu'ils auraient préféré prouver leur foi par l'accumulation de richesses, de couleurs, d'ornements, je disais :

— Vous voulez savoir de moi pourquoi et comment il faut aimer Dieu ? Je réponds : le motif de l'amour de Dieu, c'est Dieu ; sa mesure, c'est de L'aimer sans mesure. Est-ce assez dire ? En fait, nous avons deux motifs d'aimer Dieu pour Lui-même : parce que rien n'est plus juste, parce que rien n'est plus profitable.

Souvent, j'ajoutais que l'amour de Dieu nous était donné par la grâce, mais que notre liberté était de l'accueillir !

— Supprimez le libre arbitre, et il n'y a rien à sauver ; supprimez la grâce, et il n'y a rien d'où vienne le salut. C'est Dieu qui est l'auteur du salut, c'est le libre arbitre qui en est capable.

Je marchais à travers champs, accompagné de quelques moines qui priaient avec moi, sachant que j'allais devoir à nouveau m'éloigner.

Je m'arrêtai.

Un oiseau voletait au-dessus des sillons et parfois se posait sur les mottes retournées d'où surgissaient les premières pousses.

Il était une créature de Dieu.

Je murmurai :

— Nous avons l'instinct en commun avec les bêtes, mais ce qui nous distingue d'elles, c'est le consentement volontaire.

« Par le sacrifice du Christ, par le Saint-Esprit, nous l'emportons sur les autres vivants, nous sommes vainqueurs de la chair, nous triomphons de la mort elle-même.

« *Nous sommes liberté, mais celle-ci nous vient du Christ.*

Je brisai du pied l'une des mottes.

— *Sans Lui, nous sommes moins que la terre.*

13.

Je regarde ces six chevaliers qui sont entrés d'un pas pesant dans la salle capitulaire de Clairvaux.

Ils ont la peau brunie et tannée de ceux qui reviennent de Terre sainte.

Je crois reconnaître l'un d'eux, si amaigri pourtant que j'hésite à prononcer son nom. Il avance d'un pas. Sous les cheveux ras, le front large et les pommettes saillantes ne me permettent plus de douter de son identité, mais, avant que je n'élève la voix, il dit :

— Je suis Hugues de Payns, chevalier champenois.

Il se tourne vers ses compagnons, m'informe qu'ils sont tous membres de la chevalerie du Temple. Ils veillent sur les routes de Terre sainte qui conduisent au Saint-Sépulcre : les pèlerins y sont souvent détroussés, enlevés, assassinés par les infidèles.

Hugues de Payns incline la tête, montre sa tonsure, commence à nommer les autres chevaliers : Archambaud de Saint-Amand, Payen de Montdidier, Godefroy de Saint-Omer…

— Nous sommes aussi, poursuit-il, chanoines réguliers, car nous avons fait vœu de chasteté, de pauvreté et d'obéissance, et nous avons pris ce nom de chevaliers du Temple parce que nous logeons non loin du

Temple du Seigneur, dans le palais du roi, et que nous sommes chevaliers de Jésus-Christ.

Je les écoute. Je connais ces chevaliers : mon oncle André de Montbard est l'un d'eux.

— La règle cistercienne, reprend Hugues de Payns, nous la faisons nôtre, Bernard de Clairvaux. Et si nous sommes ici, dans ton abbaye, c'est par le souhait du pape Honorius II qui veut que tu te joignes au concile qui doit se tenir à Troyes dans les premiers jours de janvier 1129. Il veut…

J'éprouve une bouffée de joie. J'ai encore en mémoire les phrases méprisantes que m'avait adressées le chancelier du Saint-Siège, le cardinal Haimeric. J'avais osé rédiger un traité intitulé *Des mœurs et du devoir des évêques*. J'avais dit à l'adresse de celui de Genève :

« La chaire à laquelle vous venez d'être élu, mon cher ami, exige un homme de beaucoup de mérites. Et je constate avec douleur que vous n'en avez aucun, ou du moins que vous en avez d'insuffisants. »

Le cardinal Haimeric m'avait répliqué : « Je réprouve les voix criardes et importunes qui sortent des cloîtres pour troubler le Saint-Siège et les cardinaux. »

À présent, le légat du pape lui-même, Mathieu d'Albano, qui convoque le concile de Troyes, souhaite que j'y participe, et Hugues de Payns et ses chevaliers sont devant moi, en son nom, parce que Clairvaux et l'ordre cistercien sont devenus des exemples pour l'Église entière, et ma parole, la voix de l'ordre.

Je me suis donc rendu à Troyes par ce froid à pierre fendre du mois de janvier 1129.

Étienne Harding, abbé de Cîteaux, Hugues de Mâcon, abbé de Pontigny, étaient à mes côtés en compagnie d'autres abbés de nos abbayes filles de Cîteaux et de Clairvaux. J'y ai aussi rencontré Henri le Sanglier, l'archevêque de Sens, ainsi que l'archevêque de Reims, les abbés de Vézelay et de Molesmes, et mon ami Thibaud de Blois, comte de Champagne. Je suis allé de l'un à l'autre. J'ai confessé Hugues de Payns et d'autres chevaliers.

J'ai compris leur dilemme, qui était aussi le mien. Il fallait certes défendre le Saint-Sépulcre, mais fallait-il préférer cette Jérusalem terrestre, qui obligeait à la croisade, donc à la guerre, à la Jérusalem céleste vers laquelle nous cheminions pacifiquement dans nos abbayes, et que nous avions le sentiment d'habiter déjà dans notre solitude monastique ?

J'ai écouté le prieur de la Grande-Chartreuse dire qu'il était vain d'attaquer les ennemis extérieurs si l'on ne dominait pas d'abord ceux de l'intérieur :

— Purifions nos âmes de nos vices, et nous pourrons ensuite purger la terre des barbares !

J'étais troublé de l'entendre répéter :

— Ce n'est pas contre des adversaires de chair et de sang que nous avons à lutter, mais contre les principautés, les puissances, contre les régisseurs de ce monde de ténèbres, contre les esprits du Mal qui habitent les espaces célestes, c'est-à-dire contre les vices et leurs instigateurs, les démons !

Longtemps, j'avais pensé que la Jérusalem terrestre alliée à la Jérusalem céleste, c'était Clairvaux, et qu'il fallait choisir la clôture dans notre ordre plutôt que la conquête et la croisade.

Mais j'étais aussi dans le monde, et l'ordre cistercien y jouait un rôle de plus en plus grand. Le pape Honorius II était sensible à nos prêches.

Pouvait-on oublier ce monde laïc dans lequel vivait le plus grand nombre des hommes ?

Pouvait-on ignorer ces guerres sans fin qui déchiraient les chrétiens pour la possession de duchés et comtés, ceux de Champagne, de Bourgogne, d'Anjou, d'Aquitaine, de Flandre ?

Pouvais-je fermer les yeux sur les violences perpétrées par des chrétiens contre d'humbles fidèles, les paysans, mais aussi sur la lutte que des rois conduisaient parfois contre l'Église ?

Il fallait aussi défendre Bethléem et Nazareth, le mont des Oliviers et le Saint-Sépulcre, cette bonne terre, cette cité sainte de Jérusalem, conquise mais que les infidèles harcelaient, attaquant sans relâche les pèlerins.

La guerre était l'un des visages du monde que je devais regarder en face, sans me contenter de dire, comme je l'avais fait trop longtemps, qu'il fallait préférer être moine plutôt que chevalier.

Il fallait des chevaliers chrétiens composant une « milice nouvelle » dans laquelle chacun serait pareil à un moine, soumis à notre règle.

Des chevaliers qui ne mèneraient pas des guerres de

rapine et de pillage, des luttes d'ambitions, des expéditions non saintes.

J'ai aussi condamné ces soldats qui « *font la guerre avec tant de dépenses et de peines, pour n'en recevoir d'autre salaire que la mort ou le crime* ».

Je les connaissais, ces guerroyeurs qui saccageaient les récoltes, pillaient châteaux et églises : c'étaient des chrétiens ennemis d'autres chrétiens.

Je leur ai dit :

— *Vous enveloppez vos chevaux de soie, vous recouvrez vos cuirasses de je ne sais combien de morceaux d'étoffes surabondantes, vous peignez vos haches, vos boucliers, vos selles, vous ornez à profusion d'or, d'argent, de pierres précieuses vos mors et vos éperons, et dans cette pompe, avec une honteuse fureur et une ardeur éhontée, vous courez à la mort !*

C'était cela dont il fallait nettoyer la chrétienté.

Pour que la paix règne entre les fidèles et que la seule guerre légitime reste celle menée contre les infidèles.

Par-dessus leur armure, les chevaliers revêtiraient une tunique blanche marquée de la croix, un bliaud blanc comme la coule des moines cisterciens.

Chevalier *et* moine, et non plus chevalier *ou* moine.

Et la croisade deviendrait alors un autre chemin, aussi juste que la retraite monastique, pour s'approcher de Dieu.

Je l'ai dit :

— *Allez donc en toute sécurité, chevaliers, et affrontez sans crainte les ennemis de la croix du*

Christ… Réjouis-toi, courageux athlète, si tu survis et si tu es vainqueur dans le Seigneur, réjouis-toi et glorifie-toi davantage si tu meurs et si tu rejoins le Seigneur !

Je voyais Hugues de Payns et ses compagnons agenouillés, tête baissée, récitant leurs prières :

« C'était bien là une chevalerie d'un nouveau genre, inconnue dans les siècles passés… Le soldat qui revêt son âme de la cuirasse de la foi comme il revêt son corps d'une cuirasse de fer est à la fois délivré de toute crainte et en parfaite sécurité, car, à l'abri de sa double armure, il ne craint ni l'homme ni le diable. Loin de redouter la mort, il la désire : que peut en effet craindre celui pour lequel, dans la vie ou dans la mort, le Christ est la vie, et la mort est un gain ? »

La mort : la donner, la recevoir…

Je n'ai cessé de penser à la mort durant plusieurs jours, alors que le concile de Troyes, commencé le 13 janvier 1129, était déjà achevé.

Je songeais avec nostalgie à ma Jérusalem à la fois céleste et terrestre : l'abbaye de Clairvaux.

Mais Dieu avait voulu que j'agisse et que je parle dans le monde. Je ne pouvais plus fermer les yeux, me boucher les oreilles.

J'appris que Pierre Abélard, après avoir erré de monastère en monastère, avait créé l'ermitage du Paraclet, près de Nogent-sur-Seine, et qu'il continuait à y recevoir des étudiants, à répandre sa doctrine orgueilleuse et perverse.

Il faudrait aussi un jour mener croisade contre lui jusqu'à ce qu'il se soumette ou succombe.

J'étais ainsi, par différents chemins de la pensée, ramené à la mort, à la guerre, à la croisade.

Donc à ces Templiers qui composaient une nouvelle milice, celle du Christ.

Je voulais que ces chevaliers du Temple pussent faire la guerre en toute bonne conscience, et j'écrivis :

« Ils ne craignent ni de pécher en tuant des ennemis, ni de se trouver en danger d'être tués eux-mêmes. C'est pour le Christ en effet qu'ils donnent la mort ou qu'ils la reçoivent ; ils ne commettent ainsi aucun crime et méritent une gloire surabondante. S'ils tuent, c'est pour le Christ ; s'ils meurent, le Christ est en eux... Je dis donc que le soldat du Christ donne la mort en toute sécurité et qu'il la reçoit avec plus de sécurité encore... S'il tue un malfaisant, il ne commet pas un homicide, mais un malicide ; il est le vengeur du Christ contre ceux qui font le mal, et obtient le titre de défenseur des chrétiens. »

Mais il fallait que ces chevaliers du Christ à la tunique blanche marquée de la croix se montrent aussi rigoureux dans leur vie que des moines blancs.

Nouvelle milice du Temple, comme une fille guerrière de l'ordre cistercien.

On m'a rapporté leur manière de vivre.

Ils ne restaient jamais oisifs, même lorsqu'ils

n'étaient pas en campagne. Ils réparaient leurs armes et leurs vêtements, tondaient leurs cheveux. Mais ils ne recherchaient pas l'élégance, allant rarement au bain, la barbe négligée et hirsute, encrassés par la poussière, brunis, écrasés par la cuirasse et le soleil.

Ils s'armaient. Ils ne s'ornaient pas.

On me dit qu'ils étaient à la fois plus doux que des agneaux et plus féroces que des lions.

Mais alors, comment les appeler : moines ou soldats ?

Moines-soldats.

Cinquième partie

14.

C'était un matin d'une douceur bleutée du printemps de l'an 1130.

Je m'étais arrêté au milieu des champs. Je ne voyais des moines que leurs dos courbés, taches blanches se découpant sur les sillons de terre noire.

J'avais levé la tête et été surpris, au-delà des haies, par le changement des arbres de la forêt. Ils ne ressemblaient déjà plus à une armée menaçante faisant le siège de l'abbaye, leurs troncs et leurs cimes nues pareils à des lances brandies. Ils étaient recouverts d'un duvet de feuilles comme la première laine à peine bouclée d'un agneau.

L'émotion m'avait saisi.

Ces bourgeons, ces feuilles fragiles annonçaient la résurrection.

J'avais remercié Dieu de m'avoir accordé d'assister une nouvelle fois à cette fête, à cette joie du renouveau qui soulevait la vie après le long silence glacé de l'hiver.

J'étais déjà dans ma quarantième année et je songeai à la brièveté de l'existence du Christ sur cette terre.

Je m'étais agenouillé sur les mottes et j'avais eu

l'impression de m'enfoncer tant le sol était moelleux, disposé à faire naître les tiges, les épis.

Dieu m'avait accordé cette vie, plus longue que celle du Christ, pour qu'en dépit de la faiblesse de mon corps, de la souffrance que je ressentais à chaque instant à l'intérieur de ma poitrine, brûlure jamais éteinte, parfois tout juste assoupie, je le servisse de toutes mes forces.

Lorsque je me suis redressé, j'ai vu s'avancer vers moi un groupe de novices que je considérai avec tendresse.

Chaque jour, de nouveaux jeunes gens se présentaient à la porte de l'abbaye. Souvent, il s'agissait d'étudiants qui quittaient les écoles de Châlons, de Paris, de Reims ou de Langres, attirés par notre règle austère, notre refus du monde, notre exigeante pauvreté.

Je leur disais :

— *Croyez-en mon expérience : vous trouverez dans nos forêts quelque chose de plus que dans vos livres !*

Je les observais avec attention. Je veillais sur eux comme sur les oisillons de mon nid. Aucun d'eux ne renonçait, si bien que nous essaimions. Clairvaux avait déjà donné naissance à six autres abbayes, et sept nouvelles s'apprêtaient à voir le jour.

J'ai déclaré aux novices qui s'étaient groupés autour de moi :

— *Regardez les arbres de la forêt. Notre ordre cistercien est comme le plus puissant d'entre eux. Il y a le tronc : c'est notre abbaye de Cîteaux ; et quatre*

branches maîtresses, les premières filles : Morimond,
La Ferté, Pontigny, Clairvaux. Chacune d'elles, dont
Clairvaux, la plus puissante, a donné à son tour nais-
sance à d'autres. L'ordre cistercien est comme un
arbre qui se ramifie ; de chaque branche surgit un
nouveau rameau et toutes montent, verticales, vers le
ciel.

J'ai laissé les novices aux travaux des champs et
suis rentré dans l'abbaye.

C'est là que m'attendait un moine de Saint-Denis.

Il avait le visage fermé, la peau et sa sombre tunique
couvertes de poussière. Envoyé par l'abbé de Saint-
Denis, Suger, il désirait me parler seul à seul.

Je l'accueillis dans ma cellule et l'écoutai.

J'eus l'impression, alors qu'il parlait, que le ciel,
que j'avais vu si bleu, serein, se fendait sous mes yeux
et que de cette blessure coulait un torrent de boue
mêlée de sang.

Dieu, pourquoi fallait-il vivre cela : l'Église
divisée ?

À la mort, le 13 février 1130, du pape Honorius II,
deux groupes de cardinaux lui avaient élu, chacun de
leur côté, un successeur. L'un, Innocent II, le cardinal
de Saint-Ange, Gregorio Papareschi, soutenu par Haimeric, chancelier du Saint-Siège, était appuyé par la
famille romaine des Frangipani. L'autre, Anaclet II,

Pietro Pierleoni, cardinal de Saint-Calixte, était soutenu par sa propre famille.

Le sang avait coulé à Rome. Les Pierleoni — « descendants de Juifs convertis », avait marmonné le moine — avaient pris d'assaut, avec la populace romaine, la basilique Saint-Pierre, puis celle du Latran, afin d'introniser leur candidat dans le faste. Ils avaient distribué des écus d'or à la foule et Innocent II, lâché même par les Frangipani, avait dû quitter la ville, gagner Pise et Gênes, puis, de là, avait fait voile vers Saint-Gilles du Rhône où il avait débarqué. Il s'était rendu en Arles. L'abbé de Cluny, Pierre le Vénérable, lui avait envoyé une escorte de soixante chevaliers pour qu'il pût rejoindre Étampes où un concile devait se réunir, en septembre, afin de le faire reconnaître par les évêques, par les rois de France et d'Angleterre, et par l'empereur comme le seul successeur légitime de saint Pierre.

Au nom de Pierre le Vénérable et de l'abbé Suger, le moine me conviait à me rendre à Étampes pour y manifester mon soutien à Innocent II et condamner l'antipape Anaclet II.

Le moine sorti, je suis resté prostré, seul dans ma cellule, avec le sentiment que mon corps était brisé, comme écrasé sous les voûtes de notre abbatiale, les colonnes de celle-ci s'étant effondrées, les pierres maîtresses elles-mêmes s'étant descellées et m'ayant recouvert, broyé.

Ce schisme entre Innocent II et Anaclet II, tous deux élus, si j'avais bien compris, dans des circonstances étranges, chaque camp ayant été tenté de s'imposer à l'autre par la force, la lutte entre un pape et un antipape, c'était l'Église menacée de ruine ; c'était comme si nos constructions, à commencer par mon abbaye de Clairvaux, avaient été ravagées, leurs murs défoncés, rasés.

Cela ne devait, ne pouvait pas être !

Dans l'Église, le pape était la colonne de la foi, le soutien de toute la voûte. Il fallait l'étayer. Donc choisir d'abord entre l'un et l'autre, entre Innocent II et Anaclet II.

Je n'ai pas hésité longtemps.

Innocent II était soutenu par les ordres monastiques, des abbés comme Suger et Pierre le Vénérable, ceux de Cluny et de Saint-Denis, qui, soumis à ma critique, avaient commencé de réformer leurs propres abbayes.

Anaclet II, au contraire, avait l'appui des grandes familles romaines, par-dessus tout celle des Pierleoni, soucieuses de contrôler à leur profit la papauté. C'était pour eux une affaire d'ambition — un Pierleoni rêvait d'être pontife — et d'or.

Mon choix était fait.

Je serais la voix de l'ordre cistercien au concile d'Étampes. J'y apporterais la dévotion de toutes nos abbayes, ces pierres d'angle de l'Église.

J'ai dit à l'envoyé de l'abbé Suger, en lui annonçant mon départ pour Étampes et mon soutien à Innocent II :

— *Ceux qui sont de Dieu sont pour lui. Il est le véritable élu de Dieu.*

Cette phrase allait changer ma vie.

J'ai quitté Clairvaux pour Étampes, mais, traversant par cette fin d'été 1130, sous un ciel orageux, les terres mamelonnées de Bourgogne, puis celles, aussi étendues qu'une mer, du royaume de France, je n'imaginais pas que j'allais, durant des années, devenir, pour le service d'Innocent II, donc celui de la sainte Église catholique qu'il représentait, un oiseau migrateur qui va de concile en concile, d'une extrémité de la chrétienté à l'autre.

J'ai vu tant de villes, de palais ducaux, royaux, impériaux, j'ai prié dans tant d'églises, observé tant de visages nouveaux que j'ai eu parfois le sentiment d'être ivre, à en perdre conscience.

Dans ces moments-là, j'ai bien eu l'impression d'être « *un petit oiseau qui n'a pas encore de plumes, forcé de sortir presque tout le temps de son nid, mon abbaye, exposé au vent et à la tourmente* ».

La première fois que j'ai éprouvé cette sensation, c'est en arrivant en septembre de cette même année 1130 dans la plaine à l'horizon de laquelle se dressaient, comme le haut gréement de vaisseaux, les cathédrales de Chartres et d'Étampes.

Cette immensité dorée — la moisson ayant à peine débuté, je voyais les paysans avancer courbés sous le poids des gerbes — m'a ébloui.

J'ai eu la certitude que Dieu avait choisi de donner au royaume de France les moyens d'être le plus grand, le plus noble de la chrétienté, peut-être parce que Clovis, le barbare franc, avait choisi le baptême, devenant ainsi le premier roi chrétien. Et qu'il était allé prier devant les reliques de saint Martin de Tours, l'évangélisateur, le soldat romain, lui-même devenu autrefois le premier des moines, puis évêque et ermite.

J'ai levé les yeux au-dessus de cette plaine généreuse.

J'ai vu des vols d'oiseaux noirs aux ailes immenses frôler les épis mûrs.

Il fallait défendre la moisson.

Dieu offrait : c'était la grâce. Comme une âme libre, l'homme devait faire germer et mûrir, mais aussi protéger des pillards et des rapaces ce don de Dieu.

C'était partout et toujours le temps de la croisade. J'étais moi-même un moine croisé brandissant l'étendard de l'Église, donc celui du pape Innocent II.

À Étampes, j'ai vu le roi de France, Louis VI, entouré des abbés Suger, Pierre le Vénérable, et des évêques du royaume.

Je me suis avancé, sentant sur moi le poids de leurs regards. J'ai deviné leur anxiété. Je n'avais pas encore parlé. Comme Gérard, évêque d'Angoulême, et la plupart des prélats du Sud, entraînant le duc Guillaume d'Aquitaine, je pouvais refuser de reconnaître Innocent II, prétendre que son élection était irrégulière, et suivre Anaclet.

Mais j'étais la voix de l'ordre cistercien dont les abbayes surgissaient désormais sur toutes les terres de la chrétienté.

De la voix la plus forte que je pouvais faire sourdre

de ma poitrine déchirée par la douleur, arracher à mon corps épuisé par la marche, j'ai dit :

— *Innocent II a pour lui le témoignage de sa conduite. Il est le ferme soutien de la vérité. Il est le pape et nous devons lui donner la plénitude du pouvoir.*

Ensemble nous avons communié, Louis VI, les évêques et les abbés.

Puis j'ai repris la route en compagnie du monarque pour marcher à la rencontre du pape.

J'ai aperçu dans le brouillard tenace des bords du fleuve les chevaliers de l'escorte, les moines de Cluny qui entouraient le nouveau pontife.

Je l'ai vu à Saint-Benoît-sur-Loire et me suis agenouillé devant lui qui me releva, me serra contre sa poitrine, me garda à ses côtés, cependant que Louis VI, se prosternant, faisait allégeance et obtenait d'Innocent II le sacre de son jeune fils Louis afin que, le jour où la mort le surprendrait, celui-ci devînt Louis VII, roi de France.

J'ai ainsi commencé à apprendre ce qu'était le gouvernement des hommes et comment, pour servir Dieu en ce monde, il fallait connaître les lois régissant l'ambition des puissants, mesurer le pouvoir dont ils disposaient. Et par quels moyens, moi qui ne portais pas le glaive, qui n'étais pas chef d'une armée de chevaliers, je pouvais réussir à mettre rois et ducs, et jusqu'à l'empereur, au service de Dieu, donc à celui du pape et de l'Église.

C'est à cela que je me suis employé.

Je disposais des armes puissantes de l'écrit et de la parole, et derrière moi était rassemblée la grande troupe des abbayes cisterciennes.

Mais il me fallait courir les chemins aux côtés d'Innocent II, entrer dans le palais du roi d'Angleterre, à Rouen, et dans celui du duc d'Aquitaine, à Poitiers.

J'ai découvert toute la diversité de notre chrétienté, les toits d'ardoise de Liège, les tuiles d'Aquitaine.

J'ai senti battre cette sève chrétienne qui avait fait germer, depuis Martin de Tours et Clovis, les églises neuves, et, au milieu des clairières, nos abbayes.

J'entendais le choc des haches des moines-bûcherons défrichant les forêts, labourant le terroir, imités par les paysans.

Ainsi, la chrétienté devenait partout pays de moisson.

La paix devait s'étendre entre chrétiens, l'unité se construire comme on rassemble des pierres pour élever une église.

Au concile de Clermont, aux côtés d'Innocent II, j'ai demandé que la trêve entre combattants s'étende du mercredi soir au lundi, qu'ainsi les chevaliers, au lieu de se pourfendre par ambition, par goût aveugle de la gloire, se rassemblent, rejoignent les Templiers et deviennent, s'ils voulaient continuer de manier le glaive, les moines-soldats du Christ.

Puis j'ai quitté Clermont pour me rendre à Rouen,

afin d'y rencontrer Henri Ier Baucler, roi d'Angleterre et duc de Normandie, quatrième fils de Guillaume le Conquérant.

Henri Ier était une masse de chair puissante au visage rougi et qui, peut-être pour se chauffer le corps, en ce mois de janvier 1131, buvait et rotait, jambes étendues, son long glaive appuyé à son ventre, entre ses cuisses.

Il grogna quand je lui demandai de reconnaître Innocent II comme pape. Son père avait été un ami des Pierleoni, et Anaclet II lui avait déjà envoyé un légat.

Je me dressai, tendis le bras vers lui :

— *Avez-vous peur de mentir à votre conscience en obéissant à Innocent II ? Songez plutôt à répondre à Dieu de vos autres péchés ! Pour celui-là, rejetez-le sur moi, je m'en charge !*

J'ai senti qu'Henri Ier était ébranlé, et je l'ai chargé à nouveau comme un templier qui veut jeter à terre son adversaire. À la fin, le roi anglais s'est rallié à Innocent II.

J'ai pu ainsi mesurer le pouvoir que Dieu m'avait donné, l'efficace et la puissance de ma parole, la force que m'apportait l'ordre cistercien.

Je n'ai donc pas été surpris quand Innocent II m'a demandé de l'accompagner. Et nous avons parcouru les routes, moi marchant le plus souvent cependant que le pape chevauchait ou bien somnolait, enveloppé de couvertures, dans une sorte de charrette.

Nous avons été à Chartres, où Innocent II a reçu les évêques. Puis, sous une pluie fine qui n'a pas cessé, j'ai cheminé au milieu du cortège pontifical jusqu'à Liège, ville d'Empire.

Je n'avais encore jamais vu une cité aussi industrieuse — même Troyes ou Reims ne pouvaient l'égaler.

Dans toutes les rues résonnaient les marteaux des forgerons et l'on entendait le grincement des outils des tisserands. Les façades des maisons étaient décorées de mosaïques. Le palais de l'empereur du Saint Empire romain germanique, où Lothaire III nous reçut, était si richement meublé que j'eus, devant la débauche de tapis, de bois précieux, d'or, de miroirs, de fourrures, un sentiment de malaise, presque de nausée.

Où étaient la blanche virginité de nos hauts murs, l'austérité de nos voûtes, la verticalité nue de nos colonnes ? Comment pouvait-on vivre dans un pareil luxe, suffocant comme une glaire gluante qui emplit la bouche et exhale ses relents nauséabonds ?

Est-ce cette impression d'être souillé par le luxe qui m'a donné la force de me dresser contre l'empereur Lothaire III ?

Face au pape, il venait, comme un changeur de monnaie, de dire qu'il lui accorderait son soutien s'il renonçait à appliquer le concordat de Worms, qui avait retiré le droit d'investiture des évêques à l'empereur.

Je vis Innocent II recevoir cette proposition comme un outrage, mais il se borna à secouer la tête pour la refuser, et les évêques et abbés présents courbèrent l'échine, tant le ton de l'empereur avait été hautain, insolent, n'appelant aucune réplique.

Je me suis levé d'un bond sans même réfléchir à ce que j'allais dire.

J'étais mû par une révolte que Dieu sans doute avait fait naître en moi.

J'ai regardé les murs de cette grande salle, couverts de tapisseries représentant des scènes de chasse et de beuverie.

Et c'était cet homme-là, vivant dans ce palais-là, qui voulait reconquérir le droit impérial d'investir les évêques ? Qui aurait-il pu choisir, sinon des hommes à son image ?

J'ai déclaré d'une voix que j'ai voulue aussi forte, aussi déterminée que celle de l'empereur :

— *Ce qui a été juré en l'année 1123 entre vos prédécesseurs, le pape Calixte II et l'empereur Henri V, ce qui a été écrit à Worms, ce concordat destiné à mettre fin à la querelle des investitures, ne peut être effacé sans insulter Dieu et renier la parole sacrée échangée, sous Son regard, entre un pape et un empereur. Cela est scellé, et il n'est au pouvoir d'aucun de vous de se parjurer !*

Je suis resté debout, défiant du regard l'empereur Lothaire III. Il n'a pas osé me répondre. D'un geste de la main qui se voulait méprisant, il a semblé me rejeter dans l'anonymat. Mais il s'est incliné devant Innocent II.

J'avais remporté la victoire ; c'était celle de toute la sainte Église. Moi, abbé de Clairvaux, j'avais montré que notre ordre cistercien tenait à deux mains le glaive de Dieu.

Après le départ de l'empereur, les abbés et évêques se sont rassemblés autour de moi pour me féliciter, saluer mon courage.

Quel courage ? J'étais au service de Dieu comme un templier ou un moine qui bêche la terre et lit des psaumes.

Le pape a écarté ceux qui m'entouraient, il m'a longuement regardé et a murmuré que j'étais le meilleur des fils de l'Église.

Je l'ai ensuite accompagné à l'abbaye de Saint-Denis, à Auxerre, à Reims.

À chaque fois, j'étais étonné par tous ces clercs — moines noirs, abbés, évêques — qui venaient vers moi. Malgré mon corps si frêle sous la coule blanche, ils me parlaient comme si je détenais la force dont ils avaient besoin. Ils disaient qu'ils voulaient appliquer la règle cistercienne, qu'ils étaient prêts à nous rejoindre ou à accueillir dans leur évêché une de nos nouvelles abbayes.

Nous en étions déjà, pour les seules filles de Clairvaux, à la treizième.

Comment aurais-je pu, ainsi devenu en quelques mois celui qui incarnait Clairvaux, me retirer dans ce nid ? J'étais plus que jamais un moine migrateur.

J'ai donc encore marché aux côtés du pape.

Innocent II avait changé, depuis son arrivée en France. Il parlait avec plus d'assurance, fort du serment d'obéissance de l'empereur Lothaire, des rois d'Angleterre et de France, de ceux de Castille et d'Aragon.

Mais je n'avais pu convaincre le duc d'Aquitaine, Guillaume, d'abandonner la cause d'Anaclet II. Le duc avait suivi ses évêques, fidèles à l'antipape. Il allait falloir mener croisade dans le Sud, tout comme il faudrait aussi vaincre Roger, roi de Sicile et duc des Pouilles.

J'ai été transporté de reconnaissance et de joie quand Innocent II m'a dit qu'il souhaitait, avant de regagner l'Italie, faire halte dans notre abbaye de Clairvaux.

Il avait pu mesurer, dit-il, le dévouement et la force de l'ordre cistercien, incarnés par celui qui le représentait.

— Dieu n'est jamais oublieux des services qu'on Lui rend, ajouta-t-il. Comment le pape pourrait-il l'être ? Comment pourrait-il oublier Bernard de Clairvaux, et ne pas prier dans son abbaye ?

Les moines lui ont fait cortège et ont entonné le plus vibrant des chœurs, leurs voix résonnant sous nos voûtes, s'enroulant comme un lierre autour de nos colonnes avant de déposer au pied de notre autel la ferveur de toute notre communauté.

Innocent II a prié, agenouillé à mes côtés.

Puis il s'est assis à la table abbatiale. Ce jour-là, pour l'honorer, j'ai fait déposer devant lui, entre le pain noir et les légumes bouillis, un poisson accommodé à notre manière : ni gras ni sel, chair blanche cuite à l'eau.

À Clairvaux, je voulais que même nos fêtes fussent aussi austères que notre règle.

La vraie joie vient de la foi qu'on porte en soi, non des saveurs et des couleurs du monde.

15.

Je me suis agenouillé dans ma cellule, les avant-bras posés à plat sur la paillasse de ma couche, le front calé entre mes poings.

Il faisait nuit mais j'ai fermé les yeux pour m'enfermer davantage encore avec Dieu et me recueillir.

J'ai prié avec ferveur. L'espace de quelques heures, de quelques jours peut-être, j'ai cru qu'Il me laisserait à l'abri, derrière les murs de l'abbaye, à retrouver l'odeur du réfectoire, la voix du prieur, les visages de mes frères Guy, Gérard, André, Barthélemy. À vivre les joies du partage quand, dans l'oratoire, les voix du chœur s'élèvent et que le chant vous inonde comme l'eau du baptême.

J'ai cru ou feint de croire que j'étais redevenu un simple moine blanc, abbé de Clairvaux. Et que je pouvais, dans la salle capitulaire, écouter mes frères, les moines architectes Achard et Geoffroy d'Aignay, me dire qu'il fallait construire un nouveau cloître, une nouvelle abbaye, une nouvelle église sur les terrains proches de l'Aube où notre domaine s'était étendu. De simples paysans avaient fait don de leurs tenures à l'abbaye, des nobles avaient offert tout ou partie de leur domaine, et chaque jour des jeunes gens — souvent aussi des hommes qui avaient descendu la plus grande part du fleuve de la vie — venaient frapper à la porte pour se soumettre à notre règle en implorant d'être accueillis.

J'ai écouté.

Nous allions essaimer encore : ce seraient les quatorzième et quinzième abbayes filles de Clairvaux. De plus en plus éloignées de notre Bourgogne et de notre Champagne, elles se dresseraient en Angleterre, dans les vallées les plus sauvages et reculées des Alpes, en Italie. Notre semence sainte se répandait et les jeunes pousses, après avoir germé, deviendraient elles aussi des mères. Sans qu'aucun ennemi puisse jamais arracher nos racines, couper nos branches, mutiler notre ordre, nous serions ainsi, de l'Église, la sève et la charpente.

À certains regards, j'ai deviné l'inquiétude de quelques-uns de mes moines. Je les comprenais. Je m'approchai de chacun d'eux, plongeai mon regard dans le leur, désireux de sonder leur âme, de lire dans leurs pensées, de les aider à vaincre leur angoisse en répondant à leurs questions.

Ils avaient peur de voir l'ordre se dissoudre, perdre de son unité au fur et à mesure qu'il s'étendait, comme le vin perd de sa couleur et de sa saveur dans nos gobelets quand nous l'allongeons de beaucoup d'eau.

Je leur ai dit :

— *Veillons à ce que le Seigneur habite en chacun de nous d'abord, et ensuite en nous tous ensemble : Il*

ne se refusera ni aux personnes, ni à leur universalité.
Que chacun donc s'efforce d'abord à n'être pas en
dissidence avec lui-même !

Et j'ai ajouté :

— *Ce qui est nécessaire, c'est l'unité, cette part*
excellente qui jamais plus ne nous sera ôtée. La divi-
sion cessera quand viendra la plénitude.

Ils ont repris après moi :

— *Dieu est éternité comme Il est charité… Si déme-*
suré soit-Il, Il reste cependant la mesure de l'immensité
elle-même.

Mais Dieu ne m'a pas laissé longtemps me recueillir
ni me nourrir des cantiques qui résonnaient sous les
voûtes de notre église.

Des messagers sont revenus frapper à la porte de
l'abbaye.

Ils troublaient l'office, me tiraient par la manche de
ma coule, me forçaient à quitter l'oratoire pour les
écouter.

Ils m'annonçaient que Guillaume d'Aquitaine avait
déposé l'évêque de Poitiers, l'un des fidèles d'Innocent II. Le duc persécutait tous ceux qui ne
reconnaissaient pas Anaclet. Son conseiller était
l'évêque d'Angoulême, Gérard, plus obstiné que
jamais à rallier tout le Sud à l'antipape, celui-ci l'ayant
désigné comme légat et lui-même percevant par sur-
croît des impôts sur tous les évêchés.

On attendait de moi que je me rendisse auprès de
Guillaume afin de le convaincre de sortir de l'erreur,

de soutenir Innocent II, de ne plus être un duc excommunié.

D'autres messagers, jour après jour, me harcelaient. Le pape Innocent II était à Pise et m'invitait à le rejoindre, car l'armée de Lothaire III se dirigeait vers Rome, et pouvait-on être sûr de l'empereur alors que certains, autour de lui, lui conseillaient de demander au pape et à l'antipape de renoncer, lui-même pouvant ainsi faire élire un nouveau pontife à sa convenance, soumis à son influence ?

Mais que deviendraient Rome, l'Église, la chrétienté ainsi subordonnées au pouvoir impérial ?

Il me fallait quitter Clairvaux et combattre.

J'ai marché, j'ai chevauché jusqu'à Gênes et Pise.

Tout au long de la route, des paysans, des clercs, des seigneurs venaient à moi, le moine blanc de Clairvaux. Ils connaissaient mon nom qu'ils répétaient avec, dans la voix, une vénération qui me troublait mais me chargeait aussi de devoirs.

Après m'avoir hébergé une nuit dans son abbaye et avoir prié à mes côtés, l'abbé de la Chartreuse me dit en me prenant les mains :

— Bernard de Clairvaux, vous êtes le prophète de la chrétienté. C'est vous qui guérirez la plaie en mettant fin au schisme. Que Dieu vous éclaire !

Je me suis éloigné aussi vite que j'ai pu, me répétant que l'humilité devait être ma compagne, qu'il me fallait oublier, sitôt après les avoir entendus, les propos que tenaient ces hommes et ces femmes qui attendaient de moi des miracles.

Je n'étais que Bernard de Clairvaux, un pauvre moine qui avait voué sa vie à Dieu et qui se battait donc pour l'Église avec les armes que le Seigneur lui avait données.

J'ai découvert la mer à Gênes et à Pise. J'ai longé les quais de ces deux ports et ai écouté la rumeur des vagues se brisant contre les jetées, le battement des coques des vaisseaux que la houle faisait s'entre-choquer.

J'ai prêché.

J'ai voulu que ces deux villes chrétiennes qui se faisaient la guerre, l'une et l'autre voulant dominer la Corse, concluent la paix.

On était en janvier 1133. Le ciel était balayé par un vent froid glissant depuis les Alpes et les Apennins.

Bras croisés dans les larges manches de ma coule, je suis allé d'une ville à l'autre. J'ai lu les traités, âprement négocié avec les envoyés de Gênes et de Pise, puis soumis mes propositions à Innocent II. À Pise j'accordais le primat de Sardaigne. À Gênes, la moitié des six évêchés de Corse et quelques autres du Milanais.

Innocent II a approuvé mon projet.

On m'a porté en triomphe à Gênes, on m'a acclamé à Pise, moi, le frêle moine blanc.

Ces hommes gras et vigoureux, portant poignard et glaive, bagues aux doigts, le collier de souveraineté pendant sur leur pourpoint de velours et d'hermine, s'inclinaient devant moi.

Ainsi devait être l'Église : puissante de sa faiblesse, riche de sa pauvreté, fière de son humilité.

En ma présence, les représentants de Gênes et de Pise ont paraphé un traité d'alliance les unissant dans leur lutte contre les soutiens d'Anaclet II.

L'antipape ne disposait plus ainsi dans la Péninsule que de l'appui du roi Roger de Sicile. Mais il restait populaire à Rome et s'était retranché dans le Vatican et la basilique Saint-Pierre, fort de l'aide que lui apportaient encore les grandes familles de la ville, les Frangipani et les Pierleoni.

Après que je lui eus exposé la situation, Innocent II, m'ayant écouté, souleva un peu la main de l'accoudoir de son siège comme pour manifester sa fatigue et son impuissance.

Il me dit qu'il venait d'apprendre que l'empereur Lothaire, avec quelques milliers de soldats, était maintenant aux portes de Rome et semblait de plus en plus décidé à obtenir le retrait des deux pontifes afin d'en faire élire un nouveau, qu'il choisirait. J'ai compris à cet instant qu'Innocent II était prêt à renoncer.

— S'il faut cela pour l'unité de l'Église, si l'empereur le veut et si Dieu le laisse agir, pourquoi m'y opposerais-je ? murmura-t-il.

Je crois que je me suis mis à crier pour la première fois devant un pape :

— *Dieu offre et l'homme choisit ! Dieu donne la grâce, mais l'homme est libre ! Si le pape renonce, se prosterne devant l'empereur, ce n'est pas Dieu qui a décidé, c'est le pape, et lui seul rendra des comptes au Seigneur !*

J'ai tendu le bras.
— *Il faut dire non !*

Je ne l'ai plus quitté ; je n'ai plus cessé de lui parler jusqu'à ce que nous arrivions à Rome, où Lothaire III avait déjà fait son entrée avec ses soldats. Mais l'empereur campait dans le quartier de Saint-Jean-de-Latran où la population était acquise à Innocent II. Et il refusait d'affronter les troupes d'Anaclet II, réfugiées dans le quartier du Trastevere.

Cette situation ne me disait rien qui vaille.

J'ai longuement marché dans les ruelles de Rome, découvrant à chaque pas des vestiges de cet empire païen, celui de Néron, que l'Église avait vaincu après avoir offert tant de martyrs à la férocité des hommes et des bêtes, dans ces amphithéâtres dont le plus grand dressait devant moi son enceinte de briques rouges.

J'ai demandé à voir l'empereur. Il m'a reçu au milieu de ses soldats couverts de cuirasses et portant hache, lance, javelot et glaive. Cependant, ils s'écartaient devant moi comme si j'avais brandi une arme inconnue qui les terrorisait.

Je me suis arrêté devant Lothaire dont le visage et l'attitude — poing soutenant le menton, moue creusant ses joues — révélaient le mécontentement.

— Je te connais, Bernard de Clairvaux, me dit-il. Tu n'es pas évêque. Or j'ai autour de moi les évêques de l'Empire.

Il montra ces prélats qui, sous leurs habits dorés, courbaient l'échine.

— Tu n'es qu'un abbé et tu prétends dicter la loi ?

— *Je parle au nom des conciles,* ai-je répondu. *Au nom des ordres monastiques et des abbayes, ces sanctuaires des évêques, des rois —, de toi aussi, empereur Lothaire ! Tous ont reconnu Innocent II comme seul pape légitime. Et tu voudrais aujourd'hui le traiter comme cet antipape que plus personne, hormis une poignée d'excommuniés, ne soutient ? Et tu voudrais, toi que l'Église a le pouvoir de sacrer ou de rejeter hors de son sein, effacer ces conciles, mettre sur l'un des plateaux Innocent II et sur l'autre Anaclet II ? Mais qui es-tu, toi, pour dire la loi de Dieu ?*

Je suis parti sans attendre la réponse. Les soldats m'ont ouvert un grand passage et la plupart se sont inclinés.

J'étais persuadé que Lothaire III ferait de même.

Quelques jours plus tard, le 4 juin 1133, il s'est présenté sur le seuil de la basilique Saint-Jean-de-Latran afin d'être sacré par Innocent II.

Avant d'entrer dans la basilique, il a prononcé ce serment qui le liait au pape :

— Moi, Lothaire, roi et empereur, je jure et vous promets, à vous souverain pontife, Innocent II, seul pape légitime, et à vos successeurs, de protéger votre vie, votre liberté, vos droits, votre dignité pontificale, de défendre les fiefs de saint Pierre qui sont votre propriété, et de vous aider, tant que je le puis, à rentrer en possession de ceux que vous n'avez plus.

Il s'est avancé dans la basilique, marchant sous cette voûte que les voix emplissaient. Il s'est agenouillé devant Innocent II qui a posé sur sa tête la couronne impériale. Et le pape a répété ce geste pour l'impératrice.

J'étais agenouillé parmi les moines blancs. J'avais remporté cette victoire.

Mais chaque chose humaine a son revers. Seule la foi est unité. Lothaire, sacré empereur, n'allait pas demeurer à Rome. Déjà ses soldats avaient commencé à quitter la ville où Anaclet II et ses partisans demeuraient aussi puissants que menaçants.

Il fallait donc qu'Innocent II s'en éloignât lui aussi.

Nous avons traversé le Tibre. J'ai pensé, en regardant les murailles romaines, le marbre des temples, les fûts des colonnes couchés dans l'herbe, que rien, pas même l'empire le plus puissant du monde, ne pouvait résister à Dieu.

J'ai été sûr qu'un jour Innocent II reviendrait tête haute à Rome.

Pourtant, tout au long des routes du retour, je n'ai cessé d'être tourmenté.

Je priais tout en marchant pour tenter de dissiper cette inquiétude qui m'étreignait. J'entrais dans les églises pour m'y agenouiller devant l'autel.

Je regardais ce paysage de collines apaisées au sommet desquelles se dressait souvent un oratoire, un monastère, un lieu de pèlerinage ou un bouquet de hauts cyprès entourant la tombe d'un saint.

Cette beauté et cette douceur du monde ne réussissaient cependant pas à me faire oublier les déchirements que j'avais connus à Pise, à Gênes, à Rome, ces longues joutes qu'il m'avait fallu conduire pour convaincre Lothaire ou même le pape Innocent II.

Parfois je m'arrêtais, m'asseyais dans un champ d'oliviers ; je pensais que ces arbres étaient semblables à ceux que Jésus avait vus en Terre sainte, là où il avait vécu sa vie d'homme, finalement trahi par l'un de ses proches. Ainsi Notre-Seigneur avait-il voulu nous enseigner qu'à chaque instant un homme peut choisir la mauvaise voie, trahir, se parjurer.

Pourtant, c'est à la mesure de sa charité que s'appréciait la valeur de chaque âme.

J'ai retrouvé les murs de Clairvaux, mes frères.

Était-ce la fatigue de ce long voyage depuis Rome, de ces jours de marche à travers la campagne, de la traversée des Alpes ? J'étais tendu et il m'a semblé que certains moines, au lieu de travailler aux champs, bavardaient, riant entre eux comme de jeunes oiseaux qui sautillent et voltigent sans savoir qu'un chat va bondir.

Or le mal était là, rôdant, offrant ses tentations : la paresse, les plaisirs des sens, ces paysannes qui s'approchaient de notre clôture, curieuses et turbulentes.

Je me suis emporté :

— *Combien de mauvais poissons ne suis-je pas obligé de traîner ! Combien de poissons qui me donnent de l'inquiétude et de la peine n'ai-je pas rassemblés dans mon filet quand mon âme s'est attachée à vous ?*

Il m'a semblé que mon propre frère, Barthélemy, souriait de ce que je disais. Je me suis à nouveau emporté, lui ai ordonné de quitter le monastère sur-le-champ.

Mais, dès qu'il eut fait quelques pas, disparaissant bientôt en direction des granges, j'ai voulu le rappeler. Si chaque âme, comme je l'avais pensé, se jugeait à l'aune de sa charité, j'avais agi comme un homme médiocre, indigne de la coule blanche que je portais, de cette fonction d'abbé de Clairvaux que j'assumais.

J'ai rejoint Barthélemy. Il m'a répondu qu'il avait été renvoyé à tort et qu'il n'entendait pas se soumettre aux articles de la règle relatifs au retour d'un moine dans le monastère dont il avait été chassé.

Et l'assemblée des moines que je consultai — car je devais me méfier de moi, et il était bon que je m'humilie, puisque j'avais erré — lui donna raison.

Je me suis rendu dans notre église et me suis agenouillé devant l'autel. Le silence profond me faisait ployer les épaules. J'ai demandé pardon à Dieu.

J'ai compris qu'à trop agir parmi les hommes, à tenter de maîtriser leurs jeux de guerres et de conciliations, je risquais d'oublier la vérité et les exigences de Dieu.

« Lui est longueur sans tension, largeur sans extension. Dans l'une et l'autre dimension, Il excède également les limites étroites de l'espace et du temps, mais par la liberté de Sa nature, non par l'énormité de Sa substance. C'est ainsi qu'est démesuré Celui qui a tout fait avec mesure. »

Je me suis souvenu de cet emportement fautif quand j'ai rencontré à plusieurs reprises le duc Guillaume d'Aquitaine pour le convaincre de se rallier à Innocent II et de se soustraire ainsi à l'excommunication qui l'avait frappé pour avoir soutenu Anaclet II.

Le duc était un homme corpulent, aux yeux exorbités mais qui fuyaient, dévoilant ainsi sa duplicité, ses tergiversations.

Il me reçut une première fois dans son palais de Poitiers, me donnant toutes les assurances de son retour au sein de l'Église. Mais, alors que nous venions à peine de quitter la ville, j'ai pensé qu'il allait ne pas tenir parole.

J'ai dit au moine blanc qui m'accompagnait,

Geoffroy, évêque de Chartres, que Guillaume se renierait. Il n'était pas homme à résister aux prélats partisans d'Anaclet II ni au légat de cet antipape, Gilles de Tusculum.

Je me suis arrêté à Parthenay. J'ai envoyé un messager à Guillaume indiquant que je célébrerais dans deux jours une messe en l'église Notre-Dame-de-la-Couldre, que ce serait pour lui la dernière chance que Dieu lui offrirait.

— Il viendra, ai-je confié à Geoffroy.

J'étais habité par cette force que Dieu dispense quand Il veut que l'homme accomplisse Son dessein.

J'ai vu arriver Guillaume X, duc d'Angoulême. Il se tenait sur le seuil de l'église, comme un excommunié.

Je suis allé vers lui, portant l'hostie, traversant la nef.

Rien n'aurait pu m'arrêter.

Quand j'ai été en face de lui, j'ai senti tous les regards des fidèles tournés vers moi.

Les mots sortirent de ma bouche comme un flot impétueux :

— *Nous vous avons prié et vous nous avez méprisés. Déjà, lors d'une précédente entrevue que nous avions eue avec vous, la multitude des serviteurs de Dieu vous avait supplié, et vous n'avez eu que dédain. Mais voici que vient à vous le Fils de la Vierge, qui est le chef et le Seigneur de cette Église que vous persécutez. Voici votre juge entre les mains duquel tombera votre âme.*

Est-ce que Lui aussi, vous allez Le mépriser comme vous avez méprisé ses serviteurs ?

J'ai regardé le duc Guillaume et les hommes d'armes qui se pressaient autour de lui.

Je n'éprouvais aucune crainte. Ma parole était plus acérée que leurs glaives. Et Dieu me protégeait mieux que leurs armures.

Guillaume s'est mis à respirer bruyamment, son corps a été agité de tremblements. Il a blêmi, gémi, puis s'est effondré comme s'il avait été blessé. Ses hommes d'armes ont tenté de le soulever, mais il est retombé aussitôt, les yeux révulsés, ses mains semblant vouloir écarter son col, comme s'il suffoquait.

Je l'ai touché du pied et ai dit :

— *Debout, Guillaume ! Soumettez-vous au pape Innocent II et, de même que toute l'Église lui obéit, vous aussi, obéissez à ce souverain pontife que Dieu Lui-même a élu !*

J'ai conduit le duc jusqu'à l'évêque de Poitiers qu'il avait chassé de son diocèse parce qu'il soutenait le pape Innocent II. Ils se sont embrassés et se sont agenouillés côte à côte devant l'autel.

Puis les chants comme une haute vague ont recouvert chacun dans la ferveur.

Quelques jours plus tard, le duc Guillaume offrit à l'ordre cistercien un domaine sur lequel devait s'élever une nouvelle fille de Clairvaux, l'abbaye de La Grâce-Dieu.

Je suis rentré à Clairvaux.

C'était l'automne ; le ciel, les arbres, les champs paraissaient recouverts d'une poussière dorée.

La fatigue en moi était comme une douce présence.

J'avais combattu et vaincu. L'Aquitaine s'était soumise. Les évêques partisans d'Anaclet II se repentaient ou abandonnaient leurs sièges pour s'enfermer dans le silence d'un monastère. Mais rien n'était définitivement acquis. De cruelles rivalités opposaient certains clercs les uns aux autres. On assassina le prieur de Saint-Victor de Paris, le doyen du chapitre d'Orléans... Comme tout en ce monde, l'Église était chose à la fois divine et humaine.

En arrivant à Clairvaux, j'appris que l'abbé Étienne Harding, qui, à Cîteaux, m'avait fait naître à la vie monastique, venait de mourir.

J'ai prié. Je me suis souvenu de saint Augustin : « L'homme marche toujours sur un tapis de feuilles mortes. »

16.

Dans ma cellule, j'ai ouvert le Cantique des cantiques et ai commencé à le relire à la lumière d'un cierge.

J'ai eu l'impression que chaque mot était une caresse et que c'était là une sensation que j'avais oubliée.

Depuis que je menais croisade pour le pape Innocent II, je m'étais servi de la parole comme d'un glaive pour frapper l'empereur Lothaire III ou vaincre le duc Guillaume d'Aquitaine.

Je redécouvris que les mots exprimaient l'amour.

J'ai tourné lentement les pages pour ne pas rompre trop vite cette communion qui s'établissait entre moi et le texte sacré, par-dessus le temps.

C'était cette face-là des mots, quand ils expriment l'amour, qu'il me fallait remettre en usage.

J'ai fermé les yeux.

Ce chant, je devais, comme d'autres avant moi — Origène, saint Grégoire le Grand — l'avaient fait, en percer le sens, ne pas me contenter de rappeler qu'il dit l'amour de Salomon pour sa nouvelle femme, mais énoncer que cet amour est celui de Dieu et des hommes pour leur Église, qui est la sainte épouse.

J'ai quitté ma cellule et suis allé marcher dans les champs vers ces berges de l'Aube près desquelles s'élevaient les murs des nouveaux bâtiments de l'abbaye.

Je me suis arrêté plusieurs fois pour écouter le gazouillis de la rivière, celui des oiseaux nichés dans les hautes herbes.

J'ai éprouvé un sentiment mêlé d'émerveillement et d'exaltation.

J'aimais ce monde créé par Dieu.

J'ai pensé : « *Qui aime, aime l'amour. Or, aimer l'amour ferme un cercle si parfait qu'il n'y a aucun terme à l'amour.* »

J'ai entendu, couvrant de leurs éclats le chant de l'eau et des oiseaux, des rires de femmes.

Des paysannes souvent venaient longer la rivière. Certaines, agenouillées, leurs bras nus plongés dans le courant, y lavaient des vêtements. À les voir, je me souvenais de celles que j'avais côtoyées avant de connaître l'amour de Dieu.

Je craignais que certains de nos jeunes novices ne fussent fascinés par le péché de chair, la plus grande des tentations démoniaques. Je disais :

— *Laissons aux femmes les fanfreluches. Elles n'ont en tête que des mondanités et s'inquiètent de plaire à leurs maris.*

Mais n'étaient-ce que leurs époux qu'elles cherchaient à séduire ?

Je m'étais souvent indigné contre ceux des moines appartenant à des ordres oublieux de la règle, qui se laissaient attirer par le plus honteux des plaisirs.

Je devais rassembler toutes ces pensées dans des sermons sur le Cantique des cantiques. Dire ainsi :

« Qu'il faut être bien stupide pour ne pas voir que rejeter le mariage, c'est lâcher la bride à toutes les infamies... Excluez de l'Église le mariage honnête et le lit sans souillure, vous la verrez envahie par les concubinaires, les incestueux, les épancheurs de sperme, les voluptueux, les homosexuels, en un mot toutes les espèces de l'immonde. »

Je me souvenais de l'exemple indigne qu'avait donné ce Pierre Abélard en engrossant Héloïse, la nièce de Fulbert, maître comme lui. Mais le cruel châtiment qu'il avait reçu, les condamnations qui l'avaient accablé n'avaient pas terni sa gloire. Au contraire, il continuait de répandre son poison. Lui, le concupiscent, le voluptueux, répétait, me rapportait-on, qu'en « doutant nous sommes incités à chercher, et en cherchant nous percevons la vérité ».

Avec des êtres comme lui, c'était le concubinage du péché de chair et du péché de raison qui s'accomplissait.

Il fallait seulement aimer Dieu et épouser l'Église.

Et dire :

« J'aime parce que j'aime. J'aime pour aimer. C'est une grande chose que l'amour lorsqu'il remonte à son principe, retourne à son origine et s'en revient toujours puiser à sa propre source les eaux dont il fait son courant. »

180

J'aurais voulu me laisser emporter par ce courant. Échapper ainsi à l'abîme de la misère du monde sans foi, au bourbier de celui qui ne connaît pas l'amour du Christ.

Que valaient les autres amours, comparées à cette fusion brûlante avec Notre-Seigneur ?

Les mots me venaient :

« "Qu'il me baise d'un baiser sur la bouche." *Qui prononce ces paroles ? L'épouse. Et qui est-elle, l'âme altérée de Dieu ? Considérons les différentes affections des hommes afin que ce qui est le propre de l'épouse se distingue plus clairement. L'esclave craint la face de son maître ; le mercenaire n'espère de son maître que la récompense ; le disciple prête l'oreille à celui qui l'enseigne ; le fils honore son père. Mais celle qui réclame un baiser, celle-là, aime.* »

Je sentais que la seule manière d'être fidèle à Dieu, c'était non pas de douter et de raisonner, comme le prônaient Abélard et tant de ses étudiants, mais bien d'aimer.

Et je me suis souvenu de saint Paul disant : « Que celui qui n'aime pas le Seigneur Jésus soit anathème ! »

Mais j'ai dû cesser de dicter mes sermons sur le Cantique des cantiques.

J'ai dû refermer ce livre et c'était comme si, faisant ce geste, je me blessais.

Car les messagers d'Innocent II m'attendaient de nouveau.

Notre pape était inquiet et, à les écouter, je l'étais aussi.

La plaie du schisme s'était cicatrisée dans presque

toute la chrétienté, de l'Aquitaine à l'Empire germanique, mais le roi Roger de Sicile, qui soutenait toujours Anaclet II, avait conquis tout le sud de l'Italie, à l'exception de Naples.

Et l'antipape n'avait pas renoncé.

Il avait fait de Rome son bastion. Ainsi la blessure la plus cruelle infligée à l'Église était restée ouverte et purulente.

Il n'était plus question de parler de l'amour divin, de lire le Cantique des cantiques, mais bien de reprendre la route et de jeter toutes mes forces dans la bataille.

Je parlais désormais au nom des vingt abbayes nées de Clairvaux. Je représentais l'ordre cistercien et aussi ces moines blancs qui, comme Hugues de Vitry, le compagnon des premiers jours de ma vie monastique, étaient devenus évêques.

J'étais une force.

J'ai donc parcouru derechef les chemins de la chrétienté, découvrant en ce printemps aigrelet de 1135 la ville de Bamberg où l'empereur Lothaire III réunissait la diète d'Empire.

J'ai vu tous les vassaux de l'empereur : chevaliers, barons, ducs, comtes d'Empire. Entourés de soldats, sur les dalles du palais impérial de Bamberg, ils faisaient tinter leurs éperons, entrechoquaient leurs armes, parlaient fort ; l'or de leurs bagues et leurs parures m'éblouissaient.

J'ai fait régner le silence et les ai convaincus de suivre Lothaire, leur empereur, en Italie, pour affronter

Roger de Sicile et imposer partout l'autorité d'Innocent II.

Ils m'ont acclamé, moi, Bernard de Clairvaux, le moine blanc qui n'avais apparemment pour toute arme que ma voix ; mais ils savaient que je représentais l'armée sainte des abbayes et des clercs.

Quand j'ai quitté Bamberg pour l'Italie, je n'imaginais pas que j'allais encore, des mois durant, affronter des hommes qui n'étaient habités que par l'ambition et la haine.

En Lombardie et en Toscane, les chrétiens s'opposaient les uns aux autres comme s'ils avaient combattu des infidèles. Pise, Crémone, Plaisance étaient en guerre contre Milan.

Je suis allé d'une cité à l'autre, essayant de rétablir la paix entre elles.

Cependant, à Milan, la foule chassait les archevêques — l'un favorable à Anaclet II, l'autre, son successeur, partisan d'Innocent II. J'entrai donc dans cette cité pour tenter d'y faire cesser les violences. J'y ai prêché avec toute la vigueur et la colère que m'inspiraient ces déchirements, ces rivalités entre hommes que la foi aurait dû réunir.

J'ai dit :

— *Je m'étonne beaucoup de l'impudence de ceux qui nous méprisent par leur obstination et leur rébellion et qui n'en osent pas moins, par l'insistance de leurs prières, inviter le Dieu de toute pureté dans leur cœur souillé.*

J'ai osé affronter des foules hostiles, des clercs dédaigneux qui se détournaient à ma vue. Je me suis obstiné. Au bout de quelques semaines, j'ai senti que les regards que l'on portait sur moi avaient changé.

Un jour, devant la cathédrale, une femme s'est avancée, me présentant une petite fille au corps paralysé, tordu, et qui grimaçait.

J'ai été ému aux larmes par ce visage déformé.

J'ai prié. J'ai invoqué Dieu, L'ai supplié de me donner la force de guérir cette enfant.

Il m'a semblé que mon corps était parcouru par une onde de chaleur, j'ai tendu les mains et j'ai emprisonné les joues de la petite fille entre mes paumes. Puis j'ai fermé les yeux.

Des cris ont tout à coup éclaté, perçants, mêlés à des sanglots et à des rires, et j'ai deviné que la foule des fidèles, sortant de la cathédrale, clamait elle aussi sa joie.

J'ai rouvert les yeux.

Le rictus qui creusait le visage de la fillette avait disparu.

J'ai laissé mes mains sur ses joues comme si j'avais craint qu'en les retirant, le miracle cessât.

Mais j'ai été contraint de m'éloigner d'elle, car les fidèles se pressaient autour de moi, me tiraient par les bras, arrachaient des pans de ma coule pour en faire des reliques.

J'ai reculé devant cette foule exaltée, mais je n'ai pas quitté des yeux la petite fille dont le corps s'était redressé et qui me souriait.

Je suis entré dans la cathédrale Saint-Ambroise. Je me suis agenouillé devant l'autel et ai remercié Dieu, puis je me suis retourné et j'ai exhorté les fidèles à reconnaître le seul pape légitime, Innocent II.

Des acclamations ont retenti sous les voûtes de la cathédrale, et, peu à peu, j'ai distingué ce que les fidèles criaient : ils voulaient Bernard de Clairvaux pour archevêque de leur ville !

J'ai réussi peu à peu à les calmer, à leur expliquer que j'étais abbé de Clairvaux et que je ne pouvais accepter la mission dont ils voulaient me charger.

J'ai quitté Milan bouleversé par ce que j'y avais vécu, gardant en moi un sourire d'enfant.

Je me suis rendu à Pise, où Innocent II avait rassemblé un concile. J'ai parlé devant les évêques, les cardinaux, les abbés. J'ai obtenu l'excommunication d'Anaclet, mais, même en cet instant, c'était le visage de l'enfant guéri que je continuais d'avoir devant les yeux.

Tout au long du voyage de retour vers Clairvaux, j'ai médité sur ces actions de Dieu dont j'avais été l'instrument. Toutes étaient liées. Dieu était unité.

J'ai dit cela en retrouvant mon abbaye.

Le silence et la sérénité qui y régnaient m'ont apaisé. Le prieur m'a annoncé que Guillaume, abbé de Saint-Thierry, avait demandé à être reçu dans notre ordre, et qu'il avait choisi de devenir moine blanc à l'abbaye de Signy, dans les Ardennes.

Je me suis souvenu de Guillaume, resté si longtemps

à mon chevet quand la maladie m'avait terrassé, et j'ai éprouvé une joie infinie. Il nous avait donc rejoints.

J'ai remercié Dieu pour cet autre signe d'unité qu'il me donnait.

Je me suis rendu dans les nouveaux bâtiments de notre abbaye.

Les voûtes avaient été lancées d'un haut mur à l'autre. Leurs coules blanches couvertes de poussière, les moines travaillaient à l'achèvement des constructions. Je me suis approché d'eux. J'ai pu mesurer leur fatigue à la lenteur de leurs gestes, aux rides qui creusaient leurs visages exsangues.

J'ai dit, devinant leur lassitude :

— *Vous avez un corps dont la conduite appartient évidemment à votre âme. Vous devez donc veiller sur lui afin que le péché ne règne pas sur lui et que ses membres ne fournissent pas des armes à l'iniquité.*

« *Mais vous devez aussi le soumettre à la discipline, afin qu'il produise de dignes fruits de la pénitence ; vous devez le châtier et le soumettre au joug.*

« *Ainsi vous connaîtrez la joie de l'unité.*

17.

J'ai retrouvé Clairvaux par un jour de grand soleil froid.

La lumière était blanche et rebondissait sur les hauts murs des nouveaux bâtiments, de l'église et du cloître maintenant achevés.

L'abbaye était encore plus noble, plus vaste, plus pure que je ne l'avais imaginée lorsque, au milieu des foules criardes des cités italiennes que les ruelles sombres canalisaient à grand-peine, j'avais songé à elle.

J'ai voulu la connaître dans toutes ses encoignures et ses envolées.

J'ai parcouru à pas lents les nouvelles salles, le réfectoire, l'oratoire, l'abbatiale et les dortoirs.

J'étais épuisé, et cependant, au fur et à mesure que je découvrais ces puissantes colonnes, la nudité minérale des murs, le miracle des grandes voûtes qui, comme des berceaux renversés, surplombaient la nef, les forces me revenaient.

Ces pierres étaient vivantes. Elles étaient à la fois reflet et source de l'amour de Dieu.

Je me suis senti humble et fier d'être un moine blanc, et abbé de Clairvaux. J'appartenais à cet ordre cistercien qui faisait naître des forteresses de la foi au milieu des forêts, dans les hautes vallées alpines, en Angleterre et en Italie, dans le royaume de France et dans l'Empire germanique.

J'avais dormi à Chiaravalle, notre Clairvaux italienne. J'avais été accueilli dans les abbayes d'Hautecombe et d'Aulps, hier bénédictines, aujourd'hui cisterciennes.

Quand je pensais à cette ramure qui s'étendait, j'éprouvais un sentiment de gratitude envers le Seigneur et envers tous mes frères qui vouaient leur vie à Dieu et permettaient que s'élèvent partout ces pierres verticales qui demeureraient, après notre passage ici-bas comme les reliques inaltérables, belles et pures, de nos pauvres vies.

Quand je pensais à cela, je mesurais combien les combats auxquels j'étais mêlé dans le siècle paraissaient à la fois nécessaires et futiles.

C'était ici, dans l'amour de Dieu, dans le silence et l'isolement, que l'on pouvait approcher Dieu, se dissoudre dans la foi, mourir au monde pour vivre avec Lui.

J'ai repris le livre du Cantique des cantiques, et les mots sont revenus en moi.

Malgré ma fatigue, j'ai dicté de l'aube à la nuit des sermons pour me laver de toutes les souillures qui m'avaient imprégné durant ces mois de lutte dans le monde, même s'il s'était agi de défendre l'Église et de mettre fin à un schisme.

J'ai lu et relu, j'ai prié ; mes sermons naissaient de

cette médiation, de ce besoin d'exprimer mon amour pour Dieu.

J'ai dit :

— *Je suis absolument obligé de L'aimer, Lui par qui j'existe, je vis et possède la sagesse... Il est certainement digne de mort, Seigneur Jésus, celui qui refuse de vivre pour Vous, et certainement il est déjà mort... D'ailleurs, qu'est-ce que l'homme si Vous ne Vous êtes pas fait connaître de lui ?... Attirez vers Vous, Seigneur, le peu que Vous avez daigné que je sois. Recevez, je Vous en supplie, ce qui me reste des années de ma misérable vie, pour celles que j'ai perdues en vivant, car j'ai vécu dans la perdition ; ne repoussez pas un cœur contrit et humilié.*

Agenouillé dans ma cellule, je souffrais, mon corps malmené, mes membres douloureux, me souvenant de tous ces jours perdus à me laisser distraire par les affaires du monde, et non à aimer Dieu. Je murmurais :

— *Mes jours se sont évanouis comme une ombre et se sont écoulés sans aucun fruit.*

Puis je quittais ma cellule, m'adressais à mes frères moines, à ces novices qui tournaient vers moi leurs regards attentifs dans lesquels, souvent, je lisais la vénération.

Je disais :

— *Celui qui veut exister pour lui-même et non pas pour Vous, Seigneur, commence à être un rien parmi tout le reste.*

« *Apprends du Christ, ô chrétien, comment aimer le Christ. Apprends à L'aimer avec tendresse, à L'aimer avec sagesse, à L'aimer avec force... Que le Seigneur soit suave à ton affection, contre les tendresses criminelles de la vie charnelle, et qu'ainsi une tendresse triomphe d'une tendresse comme un clou chasse un autre clou... Que votre amour soit fort et constant !*

J'ai vécu ainsi durant des mois dans un silence rythmé par les travaux et les offices, les sermons et les prières, la lecture et l'écriture, et le temps a passé si vite que, lorsque sont revenus les messagers du monde, j'ai découvert que des saisons s'étaient succédé, que je n'avais pas comptées, voyant seulement les bourgeons éclore, puis les feuilles tomber.

J'avais quitté l'Italie à la fin de l'année 1135, et ce moine que m'envoyait le pape entra soudain dans ma cellule un jour de février 1137.

Je l'accueillis comme on doit accueillir ce que Dieu vous donne — et ce peut être une épreuve, et il faudra de nouveau abandonner cette paix, ce chant d'amour de Dieu, pour reprendre la route.

J'ai fait signe au moine qu'il pouvait parler et j'ai refermé le Cantique des cantiques.

J'ai commencé à l'écouter et j'ai eu la gorge serrée en apprenant que le roi Roger de Sicile non seulement persévérait dans le soutien à l'antipape Anaclet II, mais, après avoir conquis les côtes de Tunisie, avait constitué une armée d'infidèles, mercenaires sarrasins avec qui il avait débarqué sur les côtes de Campanie.

J'ai tremblé d'effroi et de désespoir en imaginant, tandis que le moine parlait, les crimes, les viols, les profanations que ces infidèles avaient pu commettre dans les campagnes et les villages chrétiens !

Et c'était un souverain, chrétien lui aussi, qui utilisait les armes courbes sarrasines pour trancher, taillader le corps de catholiques !

Pouvais-je accepter cela ? Pouvais-je ne pas faire de mon amour pour Dieu une arme ?

Il fallait chasser ces infidèles des terres chrétiennes et donc vaincre Roger de Sicile.

Ce ne sont plus des mots d'amour que j'ai dictés, mais des mots de guerre pour inciter l'empereur Lothaire III à gagner l'Italie en compagnie de son gendre, Henri de Bavière, afin que les forces mises au service d'Innocent II et de l'Église soient les plus nombreuses possibles.

Il me fallait absolument convaincre l'empereur. Je devais réussir, car il était sacrilège de laisser des troupes d'infidèles martyriser le peuple croyant sous les ordres d'un roi chrétien, lui-même servant les ambitions d'un antipape schismatique et excommunié.

J'ai écrit à Lothaire III :

« Il ne m'appartient pas d'exhorter à la guerre, c'est cependant le rôle, je le dis avec certitude, du protecteur de l'Église d'arracher de l'Église cette rage des schismatiques qui l'envahit, et c'est l'affaire de César de ravir sa propre couronne à l'usurpateur sicilien ! »

Mais je devais faire plus : me rendre en Italie, affronter moi-même Roger de Sicile. Au fond de moi, j'avais foi dans ma parole et dans la force de ma conviction.

Il ne serait pas le premier souverain que je ferais plier et rentrer dans le droit chemin !

J'ai donc repris la route.

Le temps était à la pluie. Les Alpes, en ce mois de février 1137, étaient encore couvertes de neige et les abbayes où je trouvais refuge pour la nuit étaient glaciales.

J'étais épuisé, transi, claquant des dents, avec la sensation de ne pouvoir dénouer mon corps crispé, gelé, souffrant.

J'ai écrit à mes frères de Clairvaux :

« Mon âme sera triste jusqu'à mon retour parmi vous et elle ne veut pas être consolée tant que je n'y serai pas. »

Mais je savais qu'il me faudrait plusieurs saisons avant de retrouver les murs blancs et les pierres vives de mon abbaye.

Je me suis rendu à Lucques, que les troupes de Henri de Bavière voulaient détruire après avoir massacré tous les habitants, cette cité ayant soutenu Anaclet II.

J'ai traversé les rangs des soldats germaniques qui s'écartaient à peine sur mon passage. Couverts d'armures, ils m'écrasaient de leur taille gigantesque. Jamais je n'avais autant senti ma faiblesse qu'en présence de ces hommes qui regardaient avec mépris le petit moine blanc au visage émacié qui s'aventurait dans leur camp.

Mais la force ou la faiblesse d'un corps ne résume pas la valeur d'un homme. Sa foi, l'amour qu'il porte à Dieu confèrent la puissance à son âme. En côtoyant ces géants, je me sentais invincible.

Comment aurais-je pu ne pas convaincre Henri de Bavière d'épargner Lucques alors que la destruction de la ville aurait entraîné la mort de milliers de chrétiens ?

J'ai rencontré cette masse de chair dont les yeux fendaient à peine la face rougeaude. J'ai réussi à le faire renoncer à son projet de destruction et il s'est contenté d'un tribut versé par la cité.

Cependant, ce succès était loin d'effacer le désespoir qui me rongeait depuis que j'avais quitté Clairvaux. Comment ne pas être tourmenté et déchiré quand on avait affaire à ces hommes vils, avides, impitoyables ?

Des paysans hagards me racontaient sur le bord des routes les tortures, les viols, les rapines, les massacres perpétrés par les troupes infidèles.

J'écoutais, me taisais ; je n'osais me souvenir de la mission dont m'avaient chargé l'empereur Lothaire et le pape Innocent II : me rendre auprès du roi Roger de Sicile afin de le persuader d'abandonner Anaclet.

Il me semblait que jamais je ne pourrais atteindre Salerne où, après avoir débarqué avec ses troupes, Roger de Sicile avait établi ses quartiers. J'ai écrit à l'archevêque de Pise, Baudouin, ce que je ressentais alors que je marchais vers ma destination :

« *Sur la demande la plus insistante de l'empereur et avec le mandat du pape, fléchi par les prières du Prince de l'Église, notre Innocent II, souffrant et, à mon grand regret, chancelant et malade, portant sur tout mon visage les indices d'une mort prochaine, je me dirige vers Salerne... Misérable en ce temps qui m'est compté, c'est au milieu des larmes et des sanglots que j'ai dicté cette lettre... »*

J'en ai retrouvé copie à mon retour à Clairvaux, quelques mois plus tard, au milieu de l'année 1138.

Comment ai-je pu survivre encore à toutes ces saisons alors que mon corps était brisé, dévoré par l'aigreur qui me rongeait du ventre à la gorge ?

Dans mon souvenir, il me semble que chaque jour que Dieu faisait, j'avais l'impression que j'allais me coucher sur la terre, attendant que la mort vienne me délivrer.

Et pourtant j'ai agi.

Je suis entré dans le palais du roi Roger, je l'ai apostrophé au nom de l'épouse des croyants, notre Église.

Je l'ai sommé de rejoindre, lui, l'ultime monarque à soutenir Anaclet II, le pape légitime.

Il a ri, déclaré qu'il allait, dans les prochaines heures, écraser dans la plaine de Ragnano les dernières troupes de Lothaire III, commandées par l'un des gendres de l'empereur, Rainulf d'Alise.

Répétant ce nom, Roger a dit qu'il allait livrer ce

corps-là aux rapaces et il a serré le poing, le brandissant devant mon visage.

Les mots ont alors jailli de ma bouche :

— *Roi, je vous le dis, si vous allez au combat, vous serez vaincu !*

Il a ri de nouveau, et, d'un geste, a demandé qu'on me chasse de la pièce.

Sur le seuil, alors que les soldats m'entouraient, j'ai lancé une nouvelle fois :

— *Roi, vous serez vaincu !*

Et ce fut l'égorgement des uns et des autres, le 30 octobre 1138, sous une pluie d'averse qui balayait la plaine de Ragnano.

J'ai vu cette guerre immonde qui faisait s'affronter un roi chrétien et un vassal de l'empereur protecteur de l'Église. J'ai vu des chevaliers de Rainulf d'Alise décapités par le cimeterre des mercenaires infidèles de Roger de Sicile.

Mais celui-ci a été vaincu comme je l'avais dit, et je l'ai retrouvé, hargneux, essayant de masquer sa peur et son humiliation, cherchant moyen de prendre sa revanche. Pourtant, dans le regard qu'il me lançait, j'ai lu l'inquiétude : il se souvenait de ce que j'avais annoncé.

Je l'ai écouté, vantard et prudent, soucieux, maintenant qu'il avait été défait, de ne pas tout perdre. Je devais, moi, penser à l'avenir, oublier les morts que j'avais vus dans la plaine, leur sang mêlé à l'eau boueuse.

Il me fallait laisser place en moi au pardon, la

meilleure voie pour que Roger de Sicile, qui avait fait appel aux infidèles pour massacrer des chrétiens, rengainât son glaive et abandonnât Anaclet II.

J'ai accepté qu'il organise, entre un partisan de l'antipape et moi, une joute oratoire : il obéirait, dit-il les yeux plissés par la malignité, à celui qui l'emporterait.

Je suis donc entré en lice après avoir écouté Pierre de Pise, le champion d'Anaclet II.

J'ai senti aussitôt un flot de chaleur monter en moi, portant les phrases comme si chacune de celles que je prononçais était soulevée, projetée en direction de Pierre de Pise, et, au-delà, vers Roger et les vassaux qui l'entouraient.

« Il n'y a qu'une seule foi, un seul Seigneur, un seul baptême, comme il n'y eut qu'une seule arche au début du Déluge... Et si l'arche que dirige Anaclet est de Dieu, alors toute la chrétienté doit périr, puisqu'elle est toute dans l'arche d'Innocent II, tout entière avec ses royaumes, ses ordres monastiques, le cistercien et le prémontré, le clunisien et le chartreux, et avec eux sont les évêques. Plût au ciel que toute la religion ne soit anéantie sur la face de la terre pendant que l'ambition des Pierleoni et d'Anaclet, dont la vie est connue de tous, lui obtiendrait le Royaume des Cieux ! »

J'avais parlé, et tous se levèrent, mêlant leurs voix, faisant voler leurs acclamations sous les voûtes, criant qu'Anaclet II et les Pierleoni devaient être chassés de l'Église.

J'avais froid, maintenant ; une sueur glacée baignait

tout mon corps. Je me suis dirigé vers Pierre de Pise qui baissait la tête. Je lui ai saisi les mains, je l'ai serré contre moi et j'ai murmuré :

— *Frère, entrons ensemble dans la seule arche véritable, celle du pape Innocent II !*

Ainsi sont allées les choses.

Anaclet II est mort le 25 janvier 1138 et l'on a jeté cette nuit-là son corps dans une fosse pour que la terre l'engloutisse sans laisser subsister de lui aucune trace.

Les Pierleoni firent une dernière tentative pour imposer à l'Église un autre antipape, Victor IV.

Mais la plaie du schisme, qui s'était refermée, ne pouvait plus être rouverte. Et ils s'inclinèrent enfin.

Le 29 mai 1138, dans la basilique Saint-Pierre, l'arche de l'Église voguant enfin seule, tous les cardinaux et évêques, et même Victor IV, redevenu le cardinal Grégoire, se prosternèrent devant Innocent II.

Je pouvais regagner Clairvaux.

C'était l'été 1138.

Les Romains m'accompagnèrent dans les rues de leur ville, cherchant à obtenir de moi bénédictions et miracles, me couvrant de louanges.

Mais je n'étais qu'un moine blanc qui n'aspirait qu'à aimer Dieu de tout son corps et de toute son âme dans le silence de son abbaye.

18.

J'ai poussé la porte de ma cellule. Dans la pénombre, il m'a semblé que les murs et le lit commençaient à tanguer, que le sol sous mes pieds se dérobait.

J'ai tendu les bras comme font les aveugles.

J'ai rassemblé toutes mes forces pour ne pas m'abattre sur le seuil et heurter les dalles de pierre.

Il fallait que j'accomplisse un dernier pas, mais j'avais parcouru un si long chemin depuis Rome que j'avais l'impression que mes os usés, rongés, s'effritaient, pierre putréfiée qui se délite et part en poussière ; que ma chair n'était plus qu'un linceul couvrant un douloureux squelette.

J'ai cependant réussi à atteindre ma paillasse et me suis laissé tomber, la face contre la toile rêche.

Mais je n'ai pas éprouvé de repos. Je suis resté ainsi plusieurs heures, peut-être plusieurs jours, le corps brûlant, la poitrine griffée de l'intérieur par des ongles acérés qui semblaient vouloir creuser des galeries en moi, jusqu'à me percer la peau.

On m'avait étendu. Je discernais des moines penchés sur moi. Je geignais. Je crois que j'essayais, d'un geste, de les renvoyer : à chacun sa tâche, à chacun de respecter la règle !

J'ai pensé que j'étais au seuil de la mort.

On m'a annoncé que le roi de France, Louis VI, avait été emporté, comme l'empereur Lothaire III, et que leurs successeurs, Louis VII et Conrad III, régnaient déjà.

Le monde changeait donc de visages. Pourquoi le mien demeurerait-il ?

Mais j'ai ressenti à cet instant des frissons de désespoir et de colère. J'ai pris la mort en horreur, la mienne comme celle des miens. Et je me suis interrogé : qu'étais-je donc, moi qui croyais en la vie éternelle, en l'amour de Dieu, pour me cabrer ainsi devant le passage et murmurer avec tristesse : *« Je commence à mourir à chaque fois que meurt l'un des miens »* ?

J'ai craint d'être abandonné par l'amour de Dieu, puis je me suis souvenu de Marie et de Jésus pleurant l'un et l'autre devant le corps de Lazare. Et pourtant, le Fils de Dieu savait qu'Il allait le ressusciter. Mais la mort le faisait frémir.

J'ai frémi et j'ai pleuré.

C'est de ce désespoir, de cette détresse et de cette douleur que je me souviens quand je repense à cette année 1138, celle de mon retour à Clairvaux.

La fatigue m'avait donc terrassé et je pouvais à peine parler, couché sur le flanc, chuchotant les phrases que je dictais au moine assis à mon chevet. Il se tenait penché vers moi, l'oreille près de ma bouche, et je voyais sa main courir sur le parchemin.

Je ne pouvais me déplacer, trop épuisé pour entreprendre un nouveau voyage. J'écrivais donc : à Pierre le Vénérable, abbé de Cluny, à l'archevêque de Lyon, au duc de Bourgogne, au roi Louis VII, tous s'étant ligués pour désigner à l'évêché de Langres, l'un des plus importants, un moine de Cluny, Guillaume de Sabran. Circonvenu par Pierre le Vénérable, Louis VII lui avait même conféré l'investiture royale. Je ne pouvais accepter ce choix, le duc de Bourgogne ayant pesé sur lui ; peut-être même avait-il fait rouler des pièces d'or pour emporter la décision ?

À quoi servait alors de condamner la corruption, la simonie, l'attribution de sièges épiscopaux au plus offrant ! On voulait réunir un second concile du Latran pour énoncer des règles, et l'on aurait accepté Guillaume de Sabran comme évêque de Langres ?

J'ai dicté une lettre destinée à Innocent II en ayant l'impression d'arracher chaque lambeau de phrase, chaque mot au plus profond de moi, et qu'ensuite mon corps serait vide, exsangue :

« Voici qu'une nouvelle fois je crie vers vous. Voici qu'une nouvelle fois je frappe à votre porte avec des gémissements mouillés de pleurs. Ce qui me force à redoubler mes appels, ce sont les iniquités des hommes corrompus, qui redoublent leurs injustices. En augmentant leur prévarication, ils s'y fortifient. Ils ajoutent l'iniquité à l'iniquité, et leur orgueil va toujours croissant. Leur rage s'enfle tandis que s'évanouissent leur pudeur et leur crainte de Dieu. Ô Père, ils ont osé procéder à une élection contre vos pures et justes dispositions, et ensuite, malgré l'appel qui avait été interjeté auprès de vous, ils ont procédé à la consécration. Ces usurpateurs, ce sont les évêques de Lyon, d'Autun, de Mâcon, tous amis de Cluny... Je prie Dieu de vous inspirer pour le mieux, et de rappeler à votre

mémoire ce que j'ai fait pour vous, et de vous inciter
à jeter un regard affectueux sur votre enfant, et de le
délivrer de la peine et de l'angoisse... »

J'ai fermé les yeux. La fièvre m'a enveloppé, plus dévorante encore, et des frissons m'ont secoué, faisant s'entrechoquer mes os, mes dents.

Mais Innocent II m'a écouté. Et c'est l'un des nôtres, moine blanc, prieur de Clairvaux, Geoffroy de La Roche-Vaneau, qui a été désigné au siège épiscopal de Langres.

Pierre le Vénérable et tous ceux qui l'avaient suivi, qui, par lâcheté ou corruption, s'étaient inclinés devant les désirs du duc de Bourgogne, ont bien dû accepter le choix du pape qui consacrait l'ordre cistercien.

Certains avaient voulu m'élire évêque de Langres, d'autres bientôt me choisiraient comme archevêque de Reims !

Là, dans la ville du sacre de Clovis, la ville de saint Remi, un tournoi acharné opposait les bourgeois, qui avaient créé une commune, au chapitre de l'archevêché. Affaire d'argent : les bourgeois ne voulaient plus verser d'impôt à l'Église. Et le roi Louis VII jouait habilement pour que cet or-là finisse par tomber dans ses propres caisses.

J'ai démêlé cet écheveau, mais je n'ai pas accepté l'archevêché de Reims, pas plus que je n'avais accepté l'évêché de Langres.

Je n'étais que Bernard, abbé de Clairvaux, abbaye mère maintenant de vingt-huit autres, ses filles.

L'on venait de toute la chrétienté frapper à notre porte. Même un Irlandais, Malachie, archevêque d'Armagh, après avoir prié à mes côtés dans la nouvelle abbatiale, s'être assis dans notre réfectoire et avoir écouté mes sermons, avait demandé à Innocent II de pouvoir demeurer parmi nous à Clairvaux comme simple moine blanc. Le refus du pape l'avait désespéré.

Comment aurais-je renoncé à être abbé de Clairvaux ? Je n'étais pas, je le sentais, homme saint, capable de conduire une foule de fidèles jusqu'à Dieu. J'étais moine parmi les moines, même si j'avais souvent dû — et le devrais encore — quitter le silence de l'abbaye pour mener dans la chrétienté le combat pour Dieu et son épouse, l'Église.

Une nuit de cette même année 1138, on est entré dans ma cellule alors que je priais, tremblant de fièvre. On m'a chuchoté que mon frère Gérard, le cellérier de Clairvaux, mon aîné, mon conseiller, homme issu de la même chair, avait commencé à entonner un psaume parce qu'il se sentait approcher de la mort.

On m'a soutenu, traîné jusqu'à sa couche.

Je l'ai vu sourire, l'ai entendu murmurer : « Père, je remets mon esprit entre vos mains. »

Il s'est tourné vers moi :

— Que Dieu est bon de daigner être le Père des hommes ! Et quelle gloire pour les hommes d'être les fils de Dieu et Ses héritiers.

Il a encore souri, puis s'est raidi, et son front est devenu de pierre.

On l'a porté en terre, puis je suis monté en chaire. Et j'ai dit :

— *La tristesse m'envahit et le malheur m'accable.*

J'ai senti que les moines, surpris de mon propos, s'attendaient que je loue Dieu et chante ma joie comme l'avait fait Gérard en expirant. Et j'ai crié :

— *Pourquoi dissimuler davantage ? Le peu que je cache en moi ravage mon âme et dévaste mon intérieur... Je suis dans l'amertume. La violence de la douleur abolit mon attention, et l'indignation de Dieu dessèche mon esprit !*

Et je n'ai pu, tant ma peine était grande, prêcher mon vingt-sixième sermon sur le Cantique des cantiques. J'ai répété :

— *Je commence à mourir à chaque fois que meurt l'un des miens.*

Plus tard seulement, j'ai pu parler, prononcer mon sermon :

— *Pourquoi a-t-il fallu que je te perde, Gérard, au lieu de te devancer ? J'attends l'heure, qui tarde à venir, où je pourrai te suivre partout où tu iras... Je t'ai entendu chanter le psaume de David : « Louez le Seigneur du haut des cieux, louez-Le dans les hauteurs ! » au moment où, pour toi, les ténèbres se faisaient plus lumineuses que le jour...*

J'ai espéré qu'à l'heure du passage je saurais moi aussi chanter la louange de Dieu, et je me suis écrié sous les voûtes blanches :

— *Ô mort, où est ta victoire ? Où est ton aiguillon ? Il n'y en a plus lorsqu'un mourant chante... Ô mort, tu es morte, percée par l'hameçon que tu as mordu imprudemment et dont parle le prophète : « Ô mort, je serai ta mort, je serai ta morsure, enfer ! »*

Il n'empêche : cette année 1138, celle de la mort de mon frère Gérard, fut l'année de ma plus profonde blessure.

Car je l'ai répété et ne me renie pas :

« J'ai eu horreur de la mort, la mienne et celle des miens. »

Mais je me suis efforcé de revivre les derniers instants de Gérard, quand il chanta en expirant.

Et j'ai essayé ainsi de transformer mon deuil en allégresse.

Attentif à la gloire de mon frère, j'ai tenté d'oublier un peu ma propre misère.

Sixième partie

19.

J'ai eu cinquante ans en cette année 1140.

Je marchais de plus en plus lentement, chaque pas m'était douloureux, comme si le poids de mon corps était devenu trop lourd, ou mes jambes trop frêles.

Le souffle me manquait.

Je m'arrêtais, m'appuyais au tronc d'un arbre. Je ressemblais de plus en plus à l'une de ces branches rabougries, noueuses et cassantes, dont l'écorce se détache comme une peau sèche et friable.

J'avais froid, quel que fût le temps et bien qu'à l'intérieur de ma poitrine cette brûlure vive ne cessât jamais.

Je réussissais à contenir ces flammes dévorantes lorsque je parlais du haut de la chaire, et c'était alors comme si ma voix, en s'élevant, emportait avec elle ma souffrance.

Mais, souvent, au souvenir de la mort de mon frère Gérard, j'éprouvais une si profonde douleur que j'étais contraint de m'interrompre, et, reprenant après quelques instants où j'avais cru me consumer, je disais :

— *Pourquoi faut-il que tu aies été ravi d'entre mes mains, homme de mon cœur qui ne faisais qu'une âme avec la mienne ? Nous nous aimions si tendrement pendant notre vie, comment peut-il se faire que nous soyons séparés par la mort ? Maintenant tu jouis de la présence immortelle de Jésus-Christ, tu ne souffres d'aucun dommage de ton absence d'auprès de moi, car tu es mêlé au chœur des anges. Tu n'as donc pas à te plaindre qu'on t'ait ravi à moi, puisque le Seigneur de majesté te fait part abondamment de Sa présence et de celle de Ses bienheureux...*

Après avoir prononcé ce sermon, je descendais de la chaire, épuisé, chancelant, et regagnais ma cellule, contraint de prendre appui sur l'épaule d'un de mes moines, ou bien m'adossant au mur.

Je priais, j'aimais Dieu, je dictais mes sermons, je voulais être digne de Notre-Seigneur, j'avais la certitude que « *le Verbe, qui est l'Époux, apparaît aux âmes attentives* ».

J'étais l'une d'elles.

Ainsi allaient les jours et les saisons.

Mais Dieu avait décidé qu'Il ne me laisserait pas encore Le contempler dans le recueillement de l'abbaye.

Le monde battait nos murs comme une houle obstinée.

Un matin, un moine m'a apporté une lettre de Guillaume de Saint-Thierry.

J'avais pleine confiance en cet homme qui m'avait tant de fois témoigné sa compatissante fraternité, quand la maladie me dévorait le corps. Puis il avait choisi de devenir simple moine blanc de notre ordre.

Dans sa lettre, Guillaume s'inquiétait des leçons que continuait de dispenser à Paris, dans les écoles de la colline Sainte-Geneviève, Pierre Abélard.

Il avait dressé la liste des propositions hérétiques de ce moine qui m'était apparu depuis des années comme un homme de vanité.

J'ai été saisi d'effroi en lisant qu'Abélard considérait que l'Esprit était sans puissance, que l'on pouvait faire le bien sans le secours de la grâce.

À chaque proposition, je ressentais une vive douleur : Abélard séparait ce qui devait être uni, la grâce et la liberté, le Saint-Esprit, le Père et le Fils. Il était d'une tolérance coupable envers les pécheurs, comme si le péché était simplement à ses yeux un fait naturel que l'on subissait.

Je me suis recroquevillé sur ma couche.

Abélard était un destructeur. Un homme qui avait lui-même commis le péché de chair et qui l'excusait chez les autres, alors que lui-même, comme il disait, avait été désormais privé des moyens de le commettre.

Guillaume de Saint-Thierry m'apprenait qu'Abélard avait pour disciple le plus proche l'un de ses anciens étudiants, Arnaud de Brescia, qui, dans cette ville italienne, semait le désordre, affirmait que les clercs, l'Église, le pape, ne devant posséder aucun bien, devaient donc se dépouiller de tous ceux qu'ils détenaient. J'imaginais combien ces propos devaient satisfaire les rapaces, qu'ils fussent manants, soldats, ducs, rois ou empereur, qui n'attendaient qu'un seul signal pour se jeter sur les églises et les piller.

Que voulait donc cet hérétique ? Que les trente-deux abbayes filles de Clairvaux et les centaines d'autres relevant d'autres ordres fussent livrées aux pillards ?

Guillaume de Saint-Thierry manifestait cette inquiétude. Il m'indiquait que Pierre Abélard devait être combattu, mais que personne n'osait s'y hasarder, que j'étais le seul à pouvoir l'affronter, le seul capable de montrer que ses propositions étaient hérétiques, et d'obtenir ainsi leur condamnation.

Il fallait pour cela que j'accepte une joute publique avec lui.

J'ai hésité.

Pour moi, l'amour de Dieu ne relevait pas des querelles d'écolâtres, mais de la rencontre avec le corps et l'esprit de Notre-Seigneur. C'était la prière, la contemplation, l'amour qui permettaient de rencontrer Dieu et de s'approcher de la vérité.

J'ai répondu à Guillaume de Saint-Thierry :

« Je n'aime point les disputes de mots et j'évite les nouveautés d'expression. Je n'avance que les pensées des Pères, je n'emploie que les mots dont ils se sont servis, car nous ne sommes pas plus éclairés qu'eux. Je laisse les autres abonder tant qu'il leur plaît dans leur propre sens, pourvu que l'on me laisse, moi, abonder dans le sens des Écritures, car, comme le dit l'Apôtre : "Nous ne sommes point capables de former de nous-mêmes aucune bonne pensée ; mais c'est Dieu qui nous en rend capables." »

Après avoir écrit cette lettre et l'avoir fait parvenir à Guillaume de Saint-Thierry, je me suis recueilli devant l'autel.

Je me suis interrogé : M'étais-je dérobé à mon devoir par crainte d'Abélard ? Avais-je renoncé à un combat nécessaire ?

Ces questions m'ont rongé plusieurs jours durant.

J'ai alors pensé que je pouvais rencontrer Abélard ici même, à Clairvaux, le persuader qu'il devait renoncer à ses propositions hérétiques, espérant ainsi éviter une joute publique qui aurait montré l'Église divisée, l'épouse de Dieu humiliée.

Quand j'ai appris qu'Abélard acceptait de se rendre auprès de moi, j'ai cru qu'ensemble nous parviendrions à nous entendre, et qu'ainsi nous servirions Dieu et Son Église.

J'ai donc reçu Pierre Abélard à Clairvaux. C'était un jour d'avril. Les haies étaient en fleurs, les champs couverts d'un léger duvet vert.

Je suis allé à sa rencontre.

C'était un homme grand et corpulent, au visage rond. Il parlait d'une voix forte en accompagnant chacune de ses phrases de mouvements des mains, comme s'il cherchait à m'envelopper.

Nous nous sommes assis l'un en face de l'autre dans la salle capitulaire. Pendant de longs moments, je l'ai laissé parler ; j'avais l'impression d'être recouvert par une eau gluante qui cherchait à m'entraîner, à m'étouffer, et plus les mots d'Abélard se déversaient sur moi, plus je me sentais différent, sûr d'être plus proche de la vérité qu'il ne le serait jamais, lui, l'orgueilleux qui n'hésitait pas à me dire qu'il s'estimait le seul philosophe au monde, ne craignant aucun rival.

Je n'ai cessé de le fixer en silence et j'ai senti que le désarroi le gagnait comme si, sous le flot qu'il répandait et qui peu à peu s'épuisait, il apercevait ce môle dressé, cette colonne de foi et de vérité : l'ordre cistercien que je représentais en face de lui, et même plus que cela, l'Église du Christ tout entière.

Alors il a commencé à parler plus bas, comme un homme qui se repent, et il a murmuré :

— Je ne veux pas être philosophe s'il faut pour cela payer le prix de se dresser contre Paul. Je ne veux pas être Aristote si je suis séparé du Christ, car il n'est pas sous le ciel d'autre nom que le Sien. J'ai fondé ma conscience sur la prière où le Christ a édifié son Église…

Je n'ai toujours pas répondu.

Sa faiblesse était si manifeste qu'il me parut pitoyable, comme une outre qui, vidée de son eau, n'est plus que peau fripée, alors qu'elle était ronde, pansue et lisse quand elle était encore pleine.

Mais Pierre Abélard n'était pas même empli d'eau, mais de vent. Et il avait suffi qu'il parlât seul pour ne plus être que ce moine que je raccompagnai à la porte de l'abbaye et qui me promettait, dès son retour au quartier Latin, sur la montagne Sainte-Geneviève, de rétracter toutes ses erreurs, car il en avait commis par négligence, parce qu'il avait eu le souci de séduire ses étudiants, donc d'enseigner ce qu'ils souhaitaient entendre, et d'abord la liberté de pécher sans être condamné.

J'avais pris la mesure de l'homme. Je savais qu'il suffisait qu'il s'éloignât de moi pour qu'aussitôt l'outre qu'il était se gonflât à nouveau de l'eau ou du vent de la vanité et de la complaisance.

Autour de lui — je l'appris dans les jours qui suivirent —, trop de disciples le flattaient et se servaient de lui pour qu'il songeât à faire repentance.

Au contraire : on le poussait à l'hérésie, on l'utilisait pour attaquer l'ordre cistercien en ma personne, pour tenter d'affaiblir ceux qui avaient réduit le schisme d'Anaclet, ceux qui voulaient que l'épouse du Christ soit forte, unie, aussi sûre de la vérité que le tranchant d'un glaive forgé et affûté par les plus habiles des forgerons et manié par les plus valeureux chevaliers.

Peu après le départ d'Abélard, j'ai été persuadé qu'il me faudrait l'affronter, le condamner pour le bâillonner, pour qu'il cesse de répandre ses miasmes hérétiques et ne soit plus celui qui a donné l'exemple de la concupiscence et du péché.

Je ne me suis donc plus dérobé quand Guillaume de Saint-Thierry m'a demandé de me rendre à Sens, où Abélard et ses disciples avaient proposé de débattre contre moi devant le roi et les évêques, afin de montrer qu'ils détenaient la vérité et que je n'étais, moi, qu'un impudent, un usurpateur qui n'avait aucun droit, aucun savoir à partir duquel condamner l'écolâtre Abélard.

Ils ont dit que je n'étais qu'un homme de puissance, seulement désireux de dominer l'Église par le truchement de mon ordre, que je ne me souciais pas de vérité, mais de pouvoir.

En route pour Sens, j'ai d'abord fait un détour par Paris. J'ai gravi les pentes de la colline Sainte-Geneviève et me suis agenouillé devant la basilique qui abritait les reliques de la sainte, celles de Clovis et de son épouse Clotilde.

Là, sous les voûtes, j'ai su que je poursuivais la tâche commencée par les martyrs chrétiens, par saint Martin, par Geneviève et Clovis.

Et, descendant vers la Seine, je me suis arrêté dans ces salles sombres, ouvrant sur des ruelles en pente, où s'entassaient les étudiants. Je les ai exhortés, levant les bras, le corps tremblant, mais ce n'était plus de fatigue, c'était de foi.

J'ai dit :

— *Fuyez du milieu de Babylone, fuyez et sauvez vos âmes ! Volez tous ensemble vers les villes du refuge où vous pourrez vous repentir du passé, vivre dans la grâce pour le présent, et attendre avec confiance l'avenir !*

Quand j'ai eu terminé, un grand nombre d'entre eux se sont pressés autour de moi, m'implorant de les accepter à Clairvaux ou dans l'une des trente-deux abbayes de l'ordre.

J'ai regardé leurs jeunes visages tendus vers moi. La parole que j'avais exprimée avait agi, effacé des mois de mensonges et de flatteries.

— *Venez frapper à notre porte, leur ai-je répondu. Celui qui ouvre son cœur à Dieu, celui qui veut la sévère pureté de la foi, celui-là ne peut être rejeté.*

Ils se sont agenouillés.

Je suis arrivé à Sens.

Abélard avait exigé que l'archevêque Henri ne se contentât pas, comme il en avait eu l'intention, d'exposer des reliques, puis, profitant de la foule des clercs assemblés à cette occasion, d'organiser une joute. Abélard et les siens voulaient un concile qui, au terme du duel oratoire, me condamnât et fît de lui le détenteur de la vérité.

J'ai fourbi mes armes.

Je n'allais pas le laisser vaincre. Il ne s'agissait pas d'un tournoi clerc contre clerc, mais de la lutte entre vérité et erreur.

Il s'agissait d'arracher l'épouse du Christ aux mains de ceux qui la souillaient.

On était en juin. La nature avait la joyeuse vigueur de l'enfance, forte et fragile à la fois. J'ai marché dans cette douceur printanière jusqu'au palais épiscopal. En y arrivant, j'ai appris que le roi Louis VII assisterait au concile en compagnie du comte de Nevers et d'autres nobles de son entourage.

Devant ce monarque et ses vassaux qui guettaient toutes les faiblesses de l'Église pour tenter de lui imposer leurs lois, il me fallait vaincre à tout prix. Mais ce n'était pas une affaire personnelle, le sort de la vérité ne pouvait dépendre seulement de mon éloquence ou de celle d'Abélard, qu'il avait grande et retorse. J'ai donc vu chacun des évêques : ceux de Chartres et d'Auxerre, d'Orléans et de Troyes, de Soissons et de Meaux, d'Arras et de Châlons. J'ai dressé avec chacun la liste des propositions hérétiques formulées par Abélard.

J'ai dit :

— *Ce ne sera pas une joute, mais un jugement. Je ne serai pas l'un des chevaliers que vous aurez à plaindre ou à sacrer selon qu'il aura perdu ou remporté ce duel. Je serai l'accusateur et l'un des juges avec vous. Nous sommes l'Église et il est l'erreur. Il n'est pas ici mon égal, parce qu'il n'y a pas d'égalité entre le vrai et le faux. Je suis le vrai, il est le faux. Il n'est point besoin de joute pour les départager.*

Ils m'ont approuvé.

J'ai vu Abélard, ce 3 juin 1140, s'avancer d'un pas assuré, solennel, et traverser la nef de la cathédrale de Sens.

Il était à cet instant une outre pleine qui s'épanouissait sous les regards du roi et des évêques, persuadé qu'il allait d'un souffle renverser ce que j'étais, un moine blanc, cet homme malingre qui venait à sa rencontre.

Je me suis arrêté et j'ai commencé à lire les dix propositions hérétiques que contenaient ses œuvres. C'est lui que nous allions juger dans cette église qui ne serait pas le lieu d'un tournoi, mais le siège d'un tribunal.

— *Vous pouvez, ai-je dit, rejeter ces propositions qui sont les vôtres, ou bien les corriger ou les justifier.*

Et je suis retourné prendre place parmi les évêques.

J'ai vu l'outre tout à coup s'affaisser. Il n'y aurait donc pas, comme il l'avait cru, de choc entre nos paroles. Il ne pourrait pas user de sa logique perverse et acérée.

Il a crié :

— *Je récuse ce tribunal ! Je me tourne vers notre souverain pontife, j'en appelle à lui !*

Je l'avais emporté sans me mêler au sacrilège qu'aurait été la lutte entre la juste doctrine et l'hérésie.

Je me suis dressé. J'ai dit aux évêques que Rome avait en effet pouvoir de juger, mais qu'ici, dans ce concile, nous avions droit et devoir de nous prononcer sur les erreurs de Pierre Abélard.

Ce qui fut fait : on le condamna.

Je suis rentré à Clairvaux, mais, tout au long du chemin, je n'ai pas été apaisé par la légèreté de l'air, le parfum des fleurs qui, rouges et blanches, parsemaient les champs, coloraient les sous-bois. À peine ai-je entendu le gazouillis des oiseaux dont certains venaient pourtant voleter autour de moi.

Je devais au plus vite avertir Rome de ce qui menaçait notre pays chrétien si Abélard trouvait auprès des cardinaux de la curie le soutien que certains de ses disciples recherchaient.

Il me fallait écrire à Innocent II, lui dire qu'en France « *on répandait mille absurdités contraires à la foi catholique et à l'autorité des Pères. Et lorsque des gens de bon sens voulaient avertir de rejeter ces inepties, on criait plus fort, on en appelait à l'autorité de maître Pierre Abélard !* »

Il fallait dire qui il était, cet homme qui croyait que

la raison et la curiosité suffisaient à percer les mystères de la foi !

Dans ma cellule de Clairvaux, j'ai dicté des lettres et un traité — *Des erreurs d'Abélard* — que j'ai adressés à notre pape Innocent II.

Il fallait l'avertir, car les disciples d'Abélard répandaient la calomnie, me décrivant comme un ambitieux décidé à devenir le maître de la chrétienté. J'étais, disaient-ils, un falsificateur, un menteur, un hérétique, un ignorant et un possédé. Le diable m'habitait et se cachait sous mon habit de moine. Il fallait m'exorciser.

Telle était la bataille.

J'ai écrit à Innocent II :

« *Dieu a suscité la fureur des schismatiques en votre temps, pour que vous puissiez les écraser... Et pour que rien ne manque à votre couronne, voici que les hérésies se lèvent. Pour mettre le comble à vos vertus, et qu'on ne trouve pas votre œuvre inférieure à celle des pontifes qui vous ont précédé, capturez ces renards qui ravagent la vigne du Seigneur pendant qu'ils sont encore petits, avant qu'ils ne croissent et se multiplient...* »

Et comme je savais qu'à Rome certains, qui jadis avaient soutenu Anaclet II, présentaient Abélard comme un saint homme qui apportait à l'Église une pensée nouvelle, je l'ai décrit à Innocent II tel que je le jugeais, d'après ce que je savais de sa vie et de ses idées :

« *Abélard est un homme à double face. Au-dehors un Jean-Baptiste, au-dedans un Hérode. C'est un persécuteur de la foi catholique, un ennemi de la croix de Jésus-Christ ; sa vie, ses mœurs, ses livres le prouvent. C'est un moine en apparence, mais, au fond, c'est un hérétique… C'est une couleuvre tortueuse sortie de sa retraite, une hydre… Qui donc se lèvera pour fermer la bouche de ce fourbe ? N'y aura-t-il donc personne qui ressente les injures faites au Christ, qui aime la justice et haïsse l'iniquité ? »*

J'ai su que, sur la route de Rome, Pierre Abélard s'était arrêté à Cluny où l'abbé Pierre le Vénérable l'avait accueilli.

J'ai craint, je le confesse, que ne se liguent contre l'ordre cistercien les moines noirs et Abélard. Ç'aurait alors été une plaie aussi grave que celle née du schisme.

J'ai donc attendu avec angoisse, à Clairvaux, des nouvelles de Rome. J'ai prié sans reprendre souffle ni connaître le sommeil. Et puis est arrivé un messager apportant les copies des deux lettres du pape adressées à Abélard et à toutes les autorités de l'Église, aux abbés et donc à Pierre le Vénérable.

Pierre Abélard et son disciple Arnaud de Brescia devaient être enfermés séparément dans des maisons religieuses. Les livres d'Abélard devaient être brûlés. Et le pape ajoutait :

« Nous imposons à Pierre, comme hérétique, un perpétuel silence ; nous estimons en outre que tous les sectateurs et défenseurs de son erreur devront être séquestrés du commerce des fidèles et enchaînés dans le lien de l'excommunication. »

Grâces soient rendues à Dieu !

Plus tard, Abélard, qui avait renoncé au voyage de Rome — il était déjà condamné ! —, est venu vers moi. Je savais que Pierre le Vénérable avait obtenu que fût levée son excommunication, en échange de quoi le moine repenti resterait dans le silence d'une abbaye de Cluny et se rétracterait.

J'ai reçu Abélard en lui tendant les mains. Je l'ai écouté tenter de se justifier plus que de se repentir. Mais l'Église n'avait plus à le craindre.

— J'ai pu errer dans mes écrits, me dit-il, mais j'en appelle à la justice de Dieu, je n'ai rien affirmé par malice ou par orgueil… Je n'ai jamais voulu rompre l'unité de la foi !

Il parlait, parlait encore. Je l'observais. Il n'avait été que malice et orgueil, et n'avait pas encore dépouillé ces habits-là. Mais il n'était plus qu'un moine silencieux, un homme de plus de soixante ans que rongeait la maladie.

J'ai prié pour lui qui s'était soumis autant que sa nature, si longtemps corrompue et aveuglée, le lui permettait.

Quelques mois plus tard, au printemps de 1142, le 21 avril, j'ai appris qu'il s'était éteint au prieuré de Saint-Marcel, non loin de Chalon-sur-Saône, et que Pierre le Vénérable avait fait transférer le corps de celui qui n'était plus qu'un moine de Cluny dans le monastère du Paraclet dont l'abbesse était Héloïse.

Dieu avait donc voulu que ces deux êtres qui avaient péché se retrouvent sous la même croix monastique.

« Par l'autorité du Dieu Tout-Puissant et de tous les

saints, avait dit Pierre le Vénérable, je l'absous d'office de tous ses péchés. »

Je me suis enfermé dans ma cellule.

J'avais combattu et vaincu l'hérésie. Je n'avais pas été un ennemi de Pierre Abélard, mais de la parole qu'il répandait dans les villes, ces Babylones qui ne cessaient de s'étendre alors que nous étions, nous, moines noirs ou blancs, les croyants des clairières et des bois, des champs et des rivières. Non ceux des rues.

Je n'avais pas voulu que Babylone l'emportât, ni Abélard qui était le clerc de ces villes où le péché prospérait, caché par une foule qui, venue de toute la chrétienté, se pressait dans leurs ruelles.

Dieu seul pouvait maintenant juger Abélard.

J'ai ouvert à nouveau le Cantique des cantiques et dicté un sermon, le soixante-treizième :

« Le Christ commence par nous faire respirer dans la lumière de Son inspiration afin qu'à notre tour nous soyons, en Lui, un jour qui respire. Car, par son opération, l'homme intérieur en nous se rénove de jour en jour et se refaçonne en esprit à l'image de son créateur : il devient un jour né du jour, une lumière issue de la lumière... Il reste à attendre un troisième jour, celui qui nous aspirera dans la gloire de la résurrection. »

J'attendais.

20.

J'ai entendu les pas de la mort s'approcher de moi.

C'était par une nuit de l'an 1141. J'étais allongé dans ma cellule, mains croisées sur la poitrine. Je priais, remerciant le Seigneur de pousser vers nous des fidèles de plus en plus nombreux, si bien qu'il ne se passait pas de mois sans que du pays de Galles à la Galice, de Rome aux lointains confins de la Germanie, de la Sicile à l'Irlande, ne surgisse du sol l'une de nos abbayes filles.

Je répétais leurs noms : Whiteland, Saint-Vincent et Saint-Anastase de Rome, et Sobrado et Mellifont. Celle-ci était la quarantième abbaye née de Clairvaux. Je pouvais imaginer ces hautes colonnes, ces voûtes dont certaines à présent se coupaient, dessinant un faisceau d'arêtes et d'ogives.

L'ordre cistercien était un arbre aux branches si puissantes, à la sève si féconde que d'aucuns voyaient désormais en lui la force même de l'Église.

Mais je mesurais aussi combien l'extension de l'ordre accroissait les périls de le voir se morceler et même se corrompre.

Cette année-là, j'ai dû plusieurs fois m'adresser aux novices et aux moines, leur dire qu'ils devaient savoir se repentir des péchés qu'ils avaient commis.

Le repentir était comme un ver intérieur :

— *C'est un grand bien de sentir ce ver... Qu'il nous morde donc jusqu'à en mourir, et, peu à peu, la mort l'empêche de nous mordre. Qu'il ronge notre pourriture, et qu'en rongeant il la consume, et que lui-même se consume en même temps...*

Je regardais ces visages souvent creusés par la fatigue, la pénitence, le travail des mains, le jeûne et les veilles.

Je voulais leur salut. Mais je savais que certains moines blancs, appartenant à l'ordre le plus rigoureux, se laissaient aller, dans ces nouvelles abbayes où je ne pouvais me rendre, à la débauche et à l'oubli de la règle.

— *Je n'accuse pas tout le monde,* répétais-je, *ni ne puis excuser tout le monde !*

Je ne devais cependant pas les accabler.

— *Si Dieu n'avait pas laissé en nous la semence saine, il y a longtemps que nous aurions été détruits comme Sodome et Gomorrhe !*

Pourtant, nous étions menacés. Notre force, la beauté de notre ordre, la majesté verticale de nos blanches abbayes attiraient aussi ceux dont la salive était âcre à force d'ambition et de vanité. Ceux-là voulaient du pouvoir, de la gloire et de l'or.

Je ne voulais rien taire de ces tentations qui guettaient la troupe désormais si nombreuse des moines.

— *Seigneur,* disais-je, *en multipliant Votre peuple Vous n'avez pas exalté notre joie, car il semble avoir perdu en mérites ce qu'il a ajouté en nombre.*

Je voyais qu'on « *courait de tous côtés vers les saints ordres. Des hommes s'emparaient du saint ministère, sans respect et sans considération* ».

Il me semblait même parfois que « *ceux chez lesquels régnait l'avarice, s'imposait l'ambition, dominaient l'orgueil, l'injustice et la luxure, avaient pris le pouvoir* ».

Je les devinais « *couverts de souillures dans le tabernacle du Dieu vivant. Ils habitaient avec ces souillures dans le Temple, profanant le sanctuaire du Seigneur...* »

Je priais donc, cette nuit de l'an 1141, songeant à ces menaces et à ces périls, quand une douleur a enfoncé en moi sa lame brûlante qui atteignit mon cœur.

J'ai dû comprimer ma poitrine comme pour essayer d'en extirper cette souffrance.

J'ai cru que la mort allait me conduire enfin vers le passage.

Je n'ai pas eu peur, mais tant me restait encore à faire ici-bas !

Des moines errants, échappés de leurs monastères, des ermites, des curés bannis de leurs villages allaient dans les campagnes, en Provence, en Aquitaine, prêcher leur hérésie, dénonçant ce que moi aussi je dénon-çais : le luxe, la luxure, la débauche, l'ambition et le vice, la vanité et la cupidité de certains clercs. Mais ces hérétiques, comme fous, se réclamaient d'un cer-tain prêtre, Pierre de Bruys, qui avait déclaré quelques années auparavant que le baptême, les églises, leurs officiants, tous ceux qui se présentaient comme servi-teurs de l'épouse du Christ, de notre Église, devaient être supprimés.

Point d'intermédiaires ! Point de culte ! Point de clergé ! Point de moines ni d'abbayes ! Les disciples de Pierre de Bruys répétaient que Dieu agissait quand Il voulait, comme Il voulait.

Ils refusaient de reconnaître le signe de la croix qui, à leurs yeux, apparaissait comme le rappel de la déchéance de Dieu, qu'ils rejetaient.

Pierre de Bruys avait même abattu des croix à plu-sieurs reprises et dressé des bûchers pour les réduire en cendres.

Un jour, à Saint-Gilles-du-Gard, des fidèles l'avaient précipité dans les flammes. Mais j'avais appris qu'un certain Henri de Lausanne se réclamait à présent de lui et semait le trouble. Et j'avais découvert que cet hérétique était un moine cistercien !

Je l'avais vu au concile de Pise, humble, repentant, reconnaissant ses erreurs, et l'avais invité à venir se recueillir à Clairvaux afin de prolonger sa pénitence.

Il avait accepté, la voix empreinte de gratitude, mais il ne s'était jamais présenté à l'abbaye, et j'apprenais donc qu'il continuait ses prêches hérétiques, dénonçant les turpitudes des prêtres et des moines, leur goût du lucre et de la luxure, clamant que le clergé n'était qu'une moisissure sur le corps des fidèles, se nourrissant d'eux pour son plus grand profit.

Et Henri de Lausanne, sa prédication achevée, se vautrait dans l'orgie.

Comment la mort ne se serait-elle pas approchée de moi alors que ces nouvelles m'oppressaient ?

Elle s'est donc introduite dans ma cellule, elle s'est plantée dans ma poitrine, m'a percé le cœur, puis s'est retirée.

Et je suis resté pantelant, le corps couvert d'une sueur glacée.

Dans les jours qui ont suivi, on est venu m'apprendre que ma sœur Hombeline, puis mon frère Guy avaient succombé.

Dieu, quand donc viendra le moment de les rejoindre et de Te voir ?

J'ai pleuré non pour eux, qui avaient atteint le royaume des cieux, mais pour moi qui ne Te voyais pas encore.

« Car cette vision n'est pas pour la vie présente, mais elle est réservée à la dernière... Et Le voir tel qu'Il est quand je serai en Sa présence, ce ne sera rien d'autre qu'être tel qu'Il est... »

Septième partie

21.

Je n'ai plus jamais réussi à repousser la mort loin de moi.

Je l'entendais rôder du pas traînant de ce vieux moine qui se dirigeait vers le dortoir en tâtonnant, les yeux éteints.

Je reconnaissais sa voix dans les longues quintes de toux qui secouaient mon frère André, agenouillé dans la nef de notre église. Chaque fois que je l'entendais, c'était comme si ma propre poitrine était déchiquetée, comme si c'était mon sang qui maculait les manches blanches de sa coule. Mais c'était mon frère que la mort entraînait. Portant son avant-bras à sa bouche, il essayait d'étouffer cette toux et je voyais s'élargir la rouge auréole sur la laine de sa manche, tandis que ses lèvres se couvraient d'une bave rose.

Je savais qu'il allait bientôt rejoindre Gérard, Guy, Hombeline, et je murmurais : « Prenez-moi, Seigneur, appelez-moi ! »

La Mort ricanait et je dus porter André en terre, réussissant à ne pas pleurer au bord de la fosse, à accepter dans l'espérance la décision de Dieu.

Je me soumettais à Ses volontés, mais ma souffrance était si aiguë que si j'avais pu le faire sans commettre un acte sacrilège, je me serais précipité sur la Mort pour que la pointe de sa lame me pénètre et que, d'un coup sec, elle me fauche.

Mais j'étais là, toujours vivant en cette année 1143, grelottant dans le froid d'un hiver qui transformait chaque filet d'eau en collier de cristaux, chaque mare en miroir.

Et la Mort se réjouissait. L'hiver était sa belle saison, celle de sa moisson.

Des pauvres gens exsangues venaient mendier à la porte de l'abbaye. Nous leur distribuions ces poignées de grain qui leur permettaient de survivre quelques jours. Mais, à la fin, quand nos greniers seraient vides, la Mort ferait avec leurs corps de grosses gerbes que les chiens affamés, hargneux comme des loups, suivraient jusqu'au cimetière. La nuit venue, ils creuseraient des pattes et du museau cette terre remuée, encore meuble, et ils déchireraient ces pauvres corps décharnés.

Mais cela ne suffisait pas encore à la Mort.

Un matin, alors que je priais, agenouillé dans ma cellule, j'ai reconnu le bruit que font les éperons des chevaliers quand ils heurtent les dalles de la cour.

On a ouvert. On m'a appelé. J'ai terminé ma prière et me suis redressé avec peine tant le froid me glaçait.

Dans la pénombre de cette nuit qui déjà s'avançait, j'ai reconnu le comte Thibaud de Champagne.

Il avait le visage rougi par la bise ; son corps massif, enveloppé dans des fourrures, paraissait gigantesque ; l'or de ses colliers brillait sur sa poitrine, les pierres précieuses qui ornaient le pommeau de son glaive étincelaient.

J'avais de l'affection pour cet homme qui avait fait de nombreux dons à notre ordre, qui respectait la trêve de Dieu et les droits des clercs. Il s'était souvent arrêté sur le seuil des églises où ceux qu'il poursuivait, manants ou chevaliers félons, s'étaient réfugiés et, blottis devant l'autel, invoquaient le droit d'asile.

Il me dit d'une voix rageuse :

— Le roi de France vient de me souffleter. Il me crache au visage comme si j'étais un serf ! Il me repousse du pied ! Il me menace comme si je n'étais pas de noble famille. Cela ne se peut ! Même si Louis VII a les plus fortes armées de la chrétienté, je défendrai le comté de Champagne, dussé-je périr et, avec moi, tous mes vassaux et ma lignée.

Je l'ai invité à me suivre dans la salle capitulaire. J'ai demandé qu'on m'apportât un cierge. J'ai lu la fureur dans ses yeux.

Il m'a semblé que, derrière lui, sur les murs de la salle, la Mort dansait dans le reflet des flammes, heureuse de ce qui s'annonçait : la guerre entre le roi de France Louis VII et Thibaud, comte de Champagne.

J'inclinai la tête et, d'un geste de la main — Dieu sait s'il m'en coûta de la lever ! —, j'invitai Thibaud à parler.

Je l'ai écouté toute la nuit. Parfois, il lançait ses mots avec tant de rage, comme s'il s'était agi de flèches ou de boulets, que je m'écartais, murmurant une prière pour qu'il se calmât, lui montrant le crucifix que les flammes du cierge enveloppaient de pâles éclairs.

Mais il paraissait ne pas m'entendre et continuait de viser et frapper à grands coups de malédictions le roi Louis VII et son sénéchal de France, Raoul de Vermandois.

— Ils sont maudits, s'écriait le comte de Champagne, et, avec eux, les évêques de Laon, Senlis, Noyon !

Il posait ses lourdes mains sur mes épaules, m'attirait vers lui.

Il était depuis toujours mon soutien, rappelait-il. Je connaissais la pureté et la vaillance de sa foi. Je savais qu'il avait toujours aidé l'ordre cistercien, non par intérêt de pouvoir ou par goût du lucre, mais par croyance.

— Que dis-tu, Bernard de Clairvaux ?

Il ne me laissait pas le temps de répondre, mais reprenait son récit.

Raoul de Vermandois, marié à Aliénor, cousine germaine de Thibaud, avait décidé de la répudier pour épouser Adélaïde de Guyenne, la propre sœur de la reine de France. Trois évêques, les mêmes qui avaient béni son mariage avec Aliénor, venaient de prononcer sa nullité. Et Louis VII avait apporté tout son appui au sénéchal.

Thibaud s'était levé. Le choc de ses éperons et du fourreau de son glaive avait résonné sous les voûtes de la salle :

— Et tout cela parce que Louis VII veut dépecer la

Champagne comme un loup avide ! Il convoite mes terres, mes vassaux, mes serfs, mes forteresses ! Il guigne l'or de mes coffres, les impôts que je lève !

Le comte se pencha vers moi :

— Il veut étendre son royaume de France en tous sens. Mais toi, Bernard de Clairvaux, toi qui exiges la vérité de la foi, la pureté de l'Église, comment peux-tu admettre que trois évêques se renient en prononçant la nullité d'un mariage qu'ils ont béni ?

Il m'a semblé que, sur les murs, les flammes se tordaient ; c'était comme si j'avais vu la Mort se contorsionner, grimaçant comme une possédée.

J'ai tenté d'apaiser Thibaud de Champagne, puis, après l'avoir raccompagné jusqu'à la porte de l'abbaye et l'avoir vu disparaître dans le brouillard qui collait à la terre glacée, j'ai regagné ma cellule et repris ma prière, suppliant le Seigneur de me donner un signe, de m'indiquer le chemin à prendre.

Mais ce fut le silence. Et je compris que Dieu m'infligeait l'épreuve de la liberté.

À moi de choisir ma route. Il jugerait au terme du voyage.

J'ai condamné ce Raoul de Vermandois et ces évêques qui se pliaient à ses désirs changeants, défaisant un mariage béni pour unir des amants adultères, couvrant du manteau de l'Église ce qui n'était que reniement et fornication.

J'ai écrit à Innocent II. Son légat, le cardinal Yves, venu constater les faits, m'a approuvé.

J'ai fustigé les trois prélats soumis au sénéchal alors qu'ils avaient le statut de princes de l'Église :

« Il est écrit que l'homme ne sépare pas ce que Dieu a uni. Des hommes s'élèvent, qui ne craignent pas de désunir contre Dieu ce qu'ils ont uni par Dieu. Et non seulement ils font cela, mais, en plus, ils ajoutent à leur prévarication en unissant ceux que Dieu n'a pas unis. Les lois sacrées de l'Église sont mises en pièces, les vêtements du Christ — ô douleur, comble de douleur ! — sont partagés par ceux qui devaient les conserver intacts... »

Le pape m'a écouté. Il a excommunié le roi de France et Raoul de Vermandois.

J'ai tremblé. Je me suis couché sur les dalles de l'église pour implorer miséricorde, car je pressentais que Louis VII n'accepterait pas sans combattre cette sentence, et que la Mort allait derechef remplir ses greniers.

Elle a commencé sa moisson quand les troupes de Louis VII sont entrées en Champagne, pillant, violant, massacrant les soldats de Thibaud, ne faisant jamais de quartier, ne respectant aucune des trêves de Dieu.

Ce n'étaient partout que carnages et saccages, criaillements des rapaces et hurlements des loups qui escortaient l'armée et que guidait la Mort.

Une nuit, j'ai entendu crier non pas une, mais une foule de voix. J'ai fait ouvrir les portes de l'abbaye.

Ils étaient là, ces blessés, ces fuyards, ces apeurés, femmes aux vêtements déchirés, aux corps souillés, hommes couverts de sang, pauvres qui payaient pour l'appétit charnel et l'ambition des grands de ce monde.

Ils m'ont entouré. Ils ont murmuré, les yeux agrandis par l'effroi :

— Le Diable et les démons gouvernent le monde, et les flammes de l'enfer le dévorent !

J'ai peu à peu appris ce qu'ils avaient vu.

Les troupes de Louis VII étaient entrées dans Vitry-en-Perthois. Elles avaient égorgé les défenseurs de la petite forteresse et la population, affolée, s'était réfugiée, avec celle des campagnes voisines, dans l'église. Ils étaient si nombreux qu'on n'y pouvait plus bouger, pas même s'agenouiller :

— Dix, vingt villages, indiqua l'un.

Cela faisait peut-être plusieurs centaines d'âmes, voire plus de mille.

— Et ils ont mis le feu à l'église comme on le fait à un bûcher.

— Et tous, tous ont brûlé. Les cris étaient si aigus qu'ils nous ont rendus sourds.

Ces paysans-là avaient assisté à toute la scène, cachés dans les marais ; ils avaient fui cependant que les murs de l'église s'effondraient, tout en voyant les soudards danser autour des décombres.

Que faire, Seigneur, comment éteindre ce brasier ?

J'ai supplié Innocent II :

« *La tribulation et l'angoisse nous ont environnés. La terre a tremblé et vacillé sous l'exil des pauvres et* » *l'emprisonnement des riches. La religion elle-même est méprisée et persécutée. Le comte Thibaud, partisan de l'innocence et artisan de la piété, est entouré d'ennemis qui font des églises un bûcher... »*

J'ai attendu la réponse d'Innocent II et j'ai mesuré alors combien on jalousait notre ordre, combien on voulait réduire mon influence et celle, maintenant, de ces quarante-cinq filles de Clairvaux, puisque tel était le nombre des abbayes nées de la mienne.

De Rome, des moines de l'abbaye Saint-Vincent-et-Saint-Anastase, l'une de nos filles, me l'ont dit : on me calomniait.

On allait jusqu'à prétendre que je m'étais emparé de l'héritage du légat du pape, le cardinal Yves. Et Innocent II prêtait l'oreille à ces propos.

Ô Seigneur ! Pourquoi faut-il que Tu me laisses boire jusqu'à la lie ma misérable vie !

J'ai écrit au souverain pontife :

« Je croyais jusqu'ici être quelque chose ou peu de chose, mais, à présent, je constate que je ne suis plus rien... Me voici devenu même pas un homme de petit mérite, mais un rien... Pourquoi ce traitement ? En quoi vous ai-je offensé ? Voici que je n'ose même pas vous entretenir des périls imminents qui menacent l'Église, et du schisme implacable que nous craignons, et des nombreux malheurs que nous attendons... »

J'étais comme la pièce de métal que le forgeron écrase entre l'enclume et le marteau.

Le pape me jugeait indigne, le roi Louis VII et les siens m'accusaient de les avoir trompés, d'être à l'origine de cette excommunication, un temps levée, puis à nouveau prononcée par Innocent II.

Cependant, des paysans affolés venaient me dire que les troupes du roi de France continuaient de massacrer toute la Champagne, laissant derrière elles des meules de cadavres et des ruisseaux de sang.

C'était Louis VII, sacré par l'Église, qui se comportait ainsi !

Je devais le lui dire, essayer de le prendre par la main, de le conduire jusqu'à l'autel pour qu'il se repente, et faire reculer la mort.

Je lui ai écrit :

« *La clameur des pauvres, et le gémissement des prisonniers, et le sang des tués montent jusqu'aux oreilles du Père des orphelins et du Protecteur des veuves... Ne faites pas de vains efforts pour trouver dans le comte Thibaud une excuse à vos péchés... Vous n'acceptez pas ses propos de paix, vous ne tenez pas vos promesses, vous refusez les sages conseils... Je vous le dis, révolté devant les excès que vous ne cessez de renouveler quotidiennement, je commence à me repentir de la folie qui m'a poussé à vous être favorable durant votre jeunesse, et suis décidé désormais, selon mes faibles moyens, à ne plus agir que pour la vérité... Vous êtes le complice de ceux qui tuent les hommes, qui incendient les maisons, qui détruisent les églises, qui chassent les pauvres, qui volent et qui pillent...* »

J'ai tremblé en dictant cette lettre au monarque. Ce n'était pas la peur qui me faisait ainsi frémir, mais l'inquiétude : je m'adressais au roi de France, l'un de ces princes du monde qui tiennent le glaive, de ces souverains auxquels l'Église accorde sa bénédiction parce qu'ils doivent être les protecteurs de la chrétienté.

Je souffrais dans mon corps d'entendre s'entrechoquer les armes du monarque et du comte, et de tant de leurs vassaux. C'était folie au moment précis où, en Terre sainte, les infidèles, nos seuls vrais ennemis, se ruaient sur les forteresses chrétiennes, ayant appris que le roi Foulques de Jérusalem était mort et qu'une régente, son épouse Mélisende, gouvernait le royaume au nom de leur fils Baudouin III.

Le Saint-Sépulcre se trouvait ainsi menacé. La ville d'Édesse venait de tomber aux mains des Turcs, ces nouveaux peuples de mécréants qui, comme les vagues de la mer, se succédaient pour recouvrir notre Terre sainte.

Et, pendant ce temps-là, ici même, au cœur de notre chrétienté, un roi très chrétien incendiait des églises remplies de fidèles !

Seigneur, laisseras-Tu longtemps Satan guider les pas des hommes ?

J'ai voulu que cela cesse. J'ai voulu par-dessus tout la paix entre chrétiens afin que ceux qui croyaient au même Dieu de miséricorde se réconcilient.

Lorsque le pape Innocent II est mort, j'ai supplié son successeur, Célestin II, de ramener la paix : *Envoyez-nous la paix, même si nous ne la méritons pas de votre part !*

Mais la mort, ces années-là, avait la bride sur le cou, comme si Dieu avait détourné la tête, la laissant agir à sa guise, dans un dessein que je n'ai compris que plus tard.

Le pape Célestin II n'a eu que le temps de lever l'excommunication qui pesait sur Louis VII, puis la mort l'a à son tour emporté. Son successeur, Lucius II, a succombé à son tour après quelques mois de pontificat durant lesquels il dut se battre, à Rome, contre la famille des Pierleoni qui rêvait à nouveau de s'emparer du Saint-Siège.

Pauvre Église, pauvre épouse du Christ !

Je l'appelais à l'aide alors que c'est moi qui devais l'aider !

J'ai prêché, j'ai écrit. Enfin nous nous sommes réunis à quelques-uns — dont l'évêque Josselin d'Auxerre, et Suger, l'abbé de Saint-Denis — pour que s'interrompe la guerre.

Nous avons prié ensemble en présence du roi, à Corbeil, puis dans cette abbatiale de Saint-Denis que Suger avait fait reconstruire si vaste et si richement parée que j'eus honte d'y voir exhiber tant d'or et de pierreries, de vitraux colorés. Ici, c'était le Seigneur des rois, le Dieu empereur qui régnait, non le Christ souffrant portant la croix !

Mais je regardai les fidèles qui étaient si nombreux qu'il fallait les repousser hors de l'église, ce à quoi le souverain lui-même s'employa. Ils étaient heureux de tant de magnificence déposée aux pieds du Très-Haut. Elle enchantait leurs yeux, eux qui ne voyaient d'ordinaire que misère et haillons.

Et puis, Louis VII et Thibaud se tenaient côte à côte. La paix semblait régner à nouveau.

J'ai regagné Clairvaux.

La Champagne, en cette année 1145, était un corps lacéré saignant encore par mille plaies.

Les villages n'étaient plus que cendres ; les murs des églises n'étaient plus dressés vers le ciel, mais formaient des amas de pierres noircies.

La Mort avait labouré ce pays et récolté à pleins boisseaux !

Quand je me suis approché de l'abbaye, j'ai vu des moines accourir vers moi à travers champs.

J'ai craint une fois de plus qu'ils ne m'annoncent un nouveau fléau, une nouvelle mort.

Mais leurs visages rayonnaient.

Ils m'ont entouré. Mêlant leurs voix, ils m'ont dit que notre frère de Clairvaux, Bernard Paganelli, que nous avions accueilli ici comme novice, puis qui était devenu abbé de notre fille de Rome, l'abbaye Saint-Vincent-et-Saint-Anastase, avait été élu pape sous le nom d'Eugène III.

Je me suis agenouillé.

J'ai remercié Dieu de m'avoir donné un signe, le plus éclatant, de l'attention qu'il portait à notre ordre.

J'ai senti en même temps qu'un poids énorme m'écrasait, me forçant à courber le dos, à ployer la nuque, comme s'il m'était échu de porter sur mes épaules une croix aussi lourde que celle du Calvaire.

22.

La croix que je portais, c'était le monde qui commençait au-delà des murs de l'abbaye de Clairvaux.

Chaque jour, alors que je n'aspirais qu'à prier dans ma cellule afin d'exprimer mon amour pour Dieu et me préparer à Le rejoindre dans le silence, à effectuer le passage — il était temps, j'avais déjà cinquante-cinq ans en cette année 1145 —, une lettre ou un messager me tirait dehors, me montrait le chemin du calvaire, ce monde où l'on tuait son prochain, où l'on pillait les églises, où l'on blasphémait, où l'on prêchait l'hérésie.

J'étais chaque fois accablé par cette nouvelle tâche, cet autre combat qu'il me faudrait livrer.

Je me sentais désormais impuissant, à bout de forces.

La maladie me rongeait, me brûlait la poitrine, m'étouffait.

Mais je pensais au Christ, à sa croix, à son calvaire, à son épuisement et à ses doutes, vaincus par sa foi et sa détermination.

C'est Lui qui me redonnait le ressort suffisant pour écouter les messagers, répondre aux lettres, prendre la route.

Dieu le voulait.

Il m'avait permis d'étendre l'ordre cistercien. La quarante-sixième fille de Clairvaux, l'abbaye de Saint-Selve, venait de naître. Le pape Eugène III avait été un moine blanc et devait affronter à Rome les hérétiques et les avides que conduisait cet étudiant de Pierre Abélard, Arnaud de Brescia.

Comment aurais-je pu me dérober ? Comment, si je l'avais fait, aurais-je encore osé marcher vers l'autel, y communier ?

L'ordre cistercien était mon glaive. Dieu l'avait forgé de pur métal et l'avait affûté. Et je n'aurais pas utilisé cette arme pour défendre l'Église ?

Je devais porter ma croix, gravir le calvaire, combattre.

On m'écrivait de loin. À cette notoriété acquise je mesurais la puissance et le rayonnement de l'ordre, le poids de ma croix.

Je reçus ainsi une lettre d'Eberwin, le prévôt des prémontrés de Steinfeld, en Rhénanie. Je ne connaissais pas le supérieur de cet ordre, mais il avait lu, disait-il, mes sermons et mes traités, il n'ignorait rien de mon rôle pour mettre fin au schisme, imposer silence à Abélard ou faire régner la paix entre princes chrétiens.

Eberwin sollicitait donc mon aide. Il décrivait ces hommes qui se réclamaient de Dieu pour mieux combattre l'Église. Il y avait parmi eux des chevaliers et des manants, des moines et des prêtres. Ils se disaient apostoliques, élus. Ils condamnaient l'Église.

Ils rejetaient le baptême des enfants. Ils faisaient vœu d'abstinence de viande et de lait. Ils prônaient la pauvreté et, adeptes de la chasteté, refusaient le mariage.

Mais autour d'eux vivaient une foule de femmes qu'ils appelaient saintes, qui n'étaient ni leurs épouses, ni leurs filles, ni leurs sœurs, et qui, la nuit, les rejoignaient. Ils proclamaient que les élus avaient droit au mystère. Ce qui se déroulait entre eux et ces « saintes » femmes ne devait pas être révélé.

Nombreux à les écouter, à les voir vivre, étaient ceux qui souhaitaient en définitive les rejoindre, devenir des élus n'ayant plus de comptes à rendre ni à l'Église, ni aux princes, ni à Dieu.

Comment aurais-je pu laisser passer pareille hérésie ?

J'ai dicté deux sermons condamnant ces hommes :

« C'est vous qui êtes immondes de prétendre qu'il y a des choses immondes... Il n'est de choses impures que pour ceux qui les décrètent impures... Malheur à vous qui recrachez les aliments créés par Dieu !... Moi aussi, je jeûne de temps à autre, mais c'est une réparation offerte pour mes péchés, et non pas je ne sais quelle superstition. Dieu vous rejettera vous-mêmes comme des êtres souillés et impurs ! »

J'ai ajouté que leurs fornications étaient sacrilèges, que leurs « saintes » femmes n'étaient que des prostituées : *« Osez révéler ce qu'elles sont ! »*

Puis j'ai appris que la foule des fidèles s'était saisie de deux de ces hérétiques, les arrachant au tribunal devant lequel ils comparaissaient. La foule avait dressé un bûcher avec des tables brisées, des branches coupées, et les y avait précipités.

Ils avaient brûlé sans crier, comme si les flammes avaient été leur élément.

Leur châtiment m'est apparu juste et nécessaire :

« Ces gens-là, on ne les convainc pas par des raisonnements, car ils ne les comprennent pas ; on ne les corrige pas par des autorités, car ils ne les acceptent point ; on ne peut les fléchir par la persuasion, car ils sont endurcis. La preuve est faite : ils aiment mieux mourir que de se convertir. Ce qui les attend, c'est le bûcher... Mieux vaut contraindre les hérétiques par le glaive que tolérer leurs ravages ! »

J'ai prié pour leur âme et me suis interrogé avec douleur.

Tout mon corps était souffrance, comme si c'était lui qui brûlait. Le châtiment des hérétiques était aussi le mien. Je devais tout faire pour les arracher à leurs sataniques pensées, pour les ramener à la foi par le glaive spirituel, mais si le démon en eux résistait, alors il fallait les frapper du glaive matériel.

Ces deux glaives appartenaient à l'Église :

« L'un doit être tiré par elle, par la main du prêtre, l'autre tiré pour elle par la main du chevalier, mais sur la demande du prêtre et par ordre de l'empereur. »

Telle devait être l'action de l'Église au service de Dieu.

J'ai répété :

« Les hérétiques doivent être combattus non d'abord par les armes, mais par des arguments détruisant leurs erreurs. »

Mais, s'ils s'obstinent, alors que le glaive s'abatte sur leur nuque et que les flammes les consument !

J'étais épuisé par ces pensées, ces châtiments qu'il me fallait prescrire.

Ma croix était plus lourde encore à porter que je n'avais cru. Mes jambes fléchissaient sous son poids.

Il me fallut cependant reprendre la route, gagner ce pays d'Aquitaine où l'on m'assurait que ce moine noir, ce bénédictin, Henri de Lausanne, disciple de Pierre de Bruys, prêchait lui aussi l'hérésie en des termes semblables à ceux que je venais de condamner.

On le disait à Bordeaux, à Toulouse, sillonnant les campagnes, entraînant à sa suite tous ceux que séduisaient les anathèmes qu'il proférait contre l'Église, qu'il disait riche et corrompue, tous ceux qu'attirait une vie déréglée et, ils le devinaient, pleine des plaisirs d'une débauche sans frein ni repentir ni sanction.

Je suis parti vers ces terres infestées par l'hérésie un jour de mai 1145, et j'ai cheminé vers Poitiers en compagnie du légat Albéric, archevêque d'Ostie, et de Geoffroi d'Auxerre, évêque de Chartres.

J'ai dit chaque jour à l'un et à l'autre que j'espérais que le Verbe m'habiterait, et qu'ainsi ma parole suffirait sans qu'il fût nécessaire de frapper avec le glaive matériel. Mais ma fatigue était si grande que je doutais même de pouvoir prononcer un mot.

Il me fallait pourtant prêcher.

À Poitiers, j'ai cru que je ne pourrais poursuivre.

Je me suis arrêté quelques jours, profitant de cette halte forcée pour écrire au comte Saint-Gilles de Toulouse afin de le mettre en garde :

« *J'apprends que l'hérétique Henri ne cesse d'inonder l'Église de Dieu de maux infinis, et qu'il s'est introduit dans le pays soumis à votre autorité en loup rapace se couvrant d'une peau de brebis. Mais il est facile de le reconnaître à ses œuvres, comme le Seigneur nous apprend à le faire. Les églises sont désertes, les populations privées de prêtres, les ministres des autels sont traités avec mépris, et les chrétiens vivent sans le Christ.* »

J'avais l'impression que chaque mot que je dictais était une goutte de mon sang.

Geoffroi d'Auxerre, qui écrivait sous ma dictée, me dévisageait avec inquiétude à chaque fois que je m'interrompais.

Je reprenais lentement mon souffle en regardant le ciel de printemps, ce bleu qu'estompait une brume blanche. Le monde n'était pas qu'un calvaire, il était aussi beauté.

Je poursuivais :

« *Les églises sont vides de peuple. On laisse les hommes mourir dans leurs péchés et paraître au redoutable tribunal de Dieu sans les réconcilier par la pénitence et les munir de la sainte communion.*

« *On va jusqu'à priver les enfants des chrétiens de la vie qu'ils reçoivent de Jésus-Christ en leur refusant la grâce du baptême, et on les empêche d'approcher du Sauveur, quoiqu'il dise avec bonté : "Laissez venir à moi les petits enfants." »*

Je fermais les yeux ; je voyais :

« *Que de fois vit-on ce prédicateur éloquent, après avoir moissonné pendant le jour les applaudissements de la foule, passer la nuit avec des prostituées, quelquefois même avec des femmes mariées !*

« *Voilà la cause de mon voyage et son but : déraciner du champ du Seigneur cette plante vénéneuse tandis qu'elle est jeune encore, et en extirper tous les rejetons !* »

Il fallait qu'il en soit ainsi, et je me suis donc levé. Dieu m'a insufflé cette force que je croyais disparue, et nous avons repris la route.

Je suis arrivé à Bordeaux le 1er juin 1145.

Le ciel et le fleuve ne formaient qu'une seule draperie d'un gris bleuté. J'ai prêché et j'ai remercié Dieu de donner à ma voix la puissance suffisante pour être entendue. Les fidèles se sont rassemblés. Ils attendaient des miracles. J'ai touché des paralysés et des aveugles de mes mains tremblantes. Certains se sont redressés, d'autres ont dit qu'ils percevaient à nouveau la lumière.

J'ai parlé dans tant de villes que je finis par confondre dans mon souvenir Toulouse et Albi, Périgueux, Cahors ou Sarlat. Je retrouve la couleur orangée des tuiles, l'ocre des murs.

J'ai défié Henri, mais l'hérétique moine noir s'était enfui et ses adeptes s'agenouillaient devant moi, abjurant l'hérésie.

À Toulouse, la foule était si dense qu'elle m'étouffait, cherchant à arracher des fils de laine de ma coule.

Je disais :

— *Je ne viens pas à vous de mon propre mouvement, mais je m'y traîne à l'appel de l'Église et à cause de sa misère !*

Puis je me suis éloigné, gagnant la campagne, m'arrêtant pour contempler ces douces collines que surmontaient souvent des villages blottis contre une tour carrée.

Pénétrant dans ces petits châteaux, je devinais l'hostilité des chevaliers. Je prêchais, mais ils bougonnaient ou bien détournaient les yeux, et quelquefois me laissaient seul dans ces cours pavées et ombragées au centre desquelles jaillissait une source.

Je haussais la voix afin qu'elle les poursuive dans leurs salles basses aux poutres apparentes noircies par les feux de larges cheminées. Mais ils ne revenaient pas ; l'hérésie leur convenait. Ils y trouvaient l'illusion de liberté et oubliaient qu'au Jugement dernier, tout leur serait compté.

Alors je parcourais les ruelles du village, gagnais l'église à l'intérieur de laquelle parfois couraient ou fouissaient des cochons sauvages au poil noir.

Je souffrais de cette humiliation imposée à l'épouse du Seigneur.

Il m'est arrivé, certains jours, de chasser moi-même les animaux de la nef, de nettoyer l'autel, puis de monter en chaire et de commencer à parler dans une église vide.

Peu à peu — c'était le miracle du Verbe qui m'habitait —, les paysans s'approchaient, se rassemblaient, m'écoutaient.

Dans l'église de Velfeil, un village où les chevaliers m'avaient reçu en maugréant, j'ai prêché contre cette noblesse aveugle et attirée par la débauche. J'ai dénoncé la cupidité et les abus des riches qui opprimaient ceux que la faim tenaillait.

Quand je suis descendu de chaire, les manants m'ont entouré et ont sollicité ma bénédiction.

J'ai examiné leurs visages émaciés, couleur de terre brune. Ils étaient humbles comme des chiens craintifs qu'on frappe trop souvent. J'ai senti qu'il m'aurait suffi de quelques mots pour les lancer comme des bêtes devenues féroces vers le château où ils auraient tout détruit avec une rage funeste.

Ainsi faisaient les hérétiques. Mais je devais au contraire apaiser les pauvres, contraindre les puissants à les protéger et à les nourrir par temps de disette.

L'Église avait pour mission d'empêcher les désordres et la haine d'enflammer le monde.

J'ai regagné Clairvaux par petites étapes, tant la fatigue venait vite m'accabler.

On était à la fin de juin 1145. Le ciel était à l'orage. Souvent, de brèves mais violentes averses jonchaient le sol de branches cassées, de feuilles déchirées et même d'arbres abattus. Dans les sillons, des amas de grêlons couvraient la terre.

Je contemplais la campagne dévastée. J'entendais les lamentations des paysans. Les toits de leurs maisons avaient été arrachés, leurs misérables biens entraînés par des flots bourbeux. Certains brandissaient le poing et maudissaient le Ciel.

Je m'arrêtais, leur remontrais que la révolte contre Dieu était sacrilège. Ils m'écoutaient. Ils s'agenouillaient et nous priions ensemble. Puis je reprenais ma marche.

Mais j'avais le sentiment qu'un coup de vent pourrait dissiper mes paroles et que l'hérésie alors repousserait.

Il aurait fallu que dans chacun de ces villages un prêtre maintînt le troupeau assemblé. Et que lui-même veillât à chaque instant contre les loups. Le combat ne pouvait jamais cesser, il fallait garder l'œil et l'oreille aux aguets. Le diable rôdait, se grimait, se faufilait dans la bergerie.

En arrivant à Clairvaux, j'appris ainsi que l'un de ces loups, le plus cruel, Arnaud de Brescia, que l'Église avait déjà chassé de ses rangs et que les évêques expulsaient l'un après l'autre de leurs diocèses, avait trouvé refuge en Bohême et y avait séduit le légat du pape.

Ainsi, même repenti, même disparu, Abélard continuait, par la voix de son disciple, à répandre le poison.

J'écrivis au légat :

« *On me rapporte qu'Arnaud de Brescia est chez vous. Cet homme parle un langage de miel pour mieux dissimuler le venin qu'il porte en lui. Il a une tête de*

colombe et une queue de scorpion. Il a l'habileté du
mal et la volonté de le commettre. Prenez garde ! »

Mais j'avais le sentiment que l'hérésie était partout
tapie, en Aquitaine comme en Bohême, sur les rives
du Rhin comme sur celles du Tibre.

Le peuple romain s'était rebellé, excité par des
familles puissantes et avides. Les palais pontificaux
avaient été saccagés et pillés, des pèlerins rançonnés.

Le pape Eugène III, mon frère moine blanc de Clairvaux, fut contraint de quitter sa ville, puis de l'assiéger
dans l'espoir d'y pénétrer à nouveau.

L'on disait qu'Arnaud de Brescia s'y était réfugié
et y attisait le désordre.

Que pouvais-je faire ?

J'écrivis au sénat de la ville de Pierre.

Je me présentai comme un homme vil et misérable,
mais qui pleurait, qui criait de douleur.

« Ma tête souffre ! Ma tête souffre !... Je vous en
conjure au nom du Christ, réconciliez-vous avec Dieu,
réconciliez-vous avec vos princes, je veux dire Pierre
et Paul, que vous avez chassés de leur siège et de leur
palais en la personne de leur vicaire et successeur, le
pape Eugène III ! »

J'ai prié. J'ai espéré. J'ai remercié Dieu quand j'ai
appris qu'Eugène III avait pu enfin rentrer dans sa ville
et qu'il s'apprêtait à célébrer dans sa basilique, en ce
mois de décembre 1145, la naissance de l'Enfant Jésus.

Je suis monté en chaire.

Noël était le jour de l'espoir, mais chacun de nous
devait se souvenir que *« le cri de la femme qui enfante*

révèle la souffrance, et que les pleurs et les vagisse-
ments de l'enfant révèlent le travail. »

« *Vous considérerez le travail et la souffrance, a dit*
le prophète : le travail dans l'agir, la souffrance dans
le pâtir. »

Je voyais dans la nef les visages des moines tournés
vers moi. Je devais leur rappeler qu'« *il n'est personne*
qui puisse se vanter, dans cette vie malheureuse,
d'échapper à cette double persécution du travail et de
la souffrance ».

Quant à moi, je n'étais que le plus humble des fils
d'Adam, soumis donc à la même pénitence, porteur de
la même croix, expiant la même faute.

Huitième partie

23.

La douce neige immaculée a apaisé ma douleur en ce début de l'an 1146.

J'avais moins froid. Sans que la fatigue m'accable, je pouvais marcher longuement dans les allées, entre les champs.

C'était comme si une épaisse couverture de laine, une coule ample avaient enveloppé de leur blancheur cistercienne les forêts et les sillons, les haies et les toits.

Tout n'était que silence.

J'avançais dans cette nature pétrifiée, les mains jointes. Des flocons s'accrochaient à mes sourcils. Je les sentais glisser sur ma tonsure, fondre dans mes rares cheveux, et cependant je ne grelottais pas.

Je priais ; je m'approchais de Dieu. Je devais résister au désir de m'allonger sur la terre pour m'y laisser ensevelir.

J'éprouvais cette sobre ivresse que dispense l'amour de Dieu, la fusion avec Lui.

Une fois rentré dans l'abbatiale, je me sentais exalté par la beauté verticale, sans artifices, des chapiteaux et des colonnes, par la virginité des voûtes, la netteté des angles et des intersections, la simple rigueur des arêtes.

Tout était silence dans l'église comme dans la nature ; les pierres étaient prières, et leur puissance nue m'enivrait sans me faire tituber. Je pensais à ces cinquante abbayes filles de Clairvaux, aux autres issues de Pontigny, de Morimond, de La Ferté, à toutes celles qui devaient naître encore, obéissant à la même règle, recherchant le même dépouillement, la même austère harmonie. Ici, dans notre ordre, point d'images, point d'ors ni de pierreries, nuls trésors étincelants dans la lumière bariolée des vitraux mais la simple présence de Dieu dans Sa grandeur minérale.

Rien d'éclatant, aucune magnificence : la pierre blanche qui astreint à rentrer en soi.

Comme dit le psaume : « La beauté de la fille du roi est au-dedans. »

En ces temps de neige et de paix, j'ai lu des Livres saints, j'ai dicté, j'ai écouté Guillaume de Saint-Thierry et Geoffroi d'Auxerre qui, l'un comme l'autre, me suppliaient de les autoriser à parler de moi ou à répandre mes écrits.

Guillaume avait d'ailleurs commencé à faire le récit de ma vie, et Geoffroi à rassembler plus de deux cents lettres que j'avais écrites.

— Suis-je mort pour qu'on me loue déjà ? ai-je demandé.

Ils se sont récriés. Il fallait, m'expliquaient-ils, que ma vie exemplaire, les défis que j'avais relevés, la construction de l'ordre et ma lutte contre les hérésies soient connus.

J'ai baissé la tête, senti à nouveau le poids de la croix sur ma nuque et mes épaules.

Je n'échapperais pas au monde.

Dieu voulait que je connaisse jusqu'au bout les souffrances du calvaire.

Et la neige a fondu. La terre n'a pas gelé, mais s'est couverte d'une boue noire. Alors sont revenus les messagers.

Ils arrivaient de Terre sainte. Ils s'étaient arrêtés à Rome et avaient vu le pape.

Eugène III, qui devait par ailleurs lutter contre une populace qu'enflammait Arnaud de Brescia, me demandait de penser au Saint-Sépulcre, aux moyens de le sauver, car il était menacé par les avancées des infidèles. Édesse était tombée aux mains de Zangi, l'émir de Mossoul, et toutes les forteresses et les villes franques de Palestine lançaient des appels à l'aide. Les Turcs déferlaient et leurs armées campaient sous les murs des citadelles chrétiennes. Raimond de Poitiers, prince d'Antioche, écrivait que, sans l'arrivée de nouveaux chevaliers, le tombeau du Christ allait être à nouveau souillé, profané par les infidèles. À Jérusalem, le roi Baudouin III n'était qu'un adolescent et la régente, sa mère Mélisende, une reine hésitante.

J'ai pensé à ces chevaliers du Temple, à cette nouvelle milice du Christ que je ne pouvais abandonner, moi qui avais présidé à sa création.

Il fallait soulever les fidèles.

J'ai dicté une lettre qui, adressée à tous les abbés, devait être confiée aux copistes afin qu'elle soit lue en chaire :

« *Le démon a suscité une race maudite de païens, ces enfants pervers que, soit dit sans vous offenser, le courage des chrétiens a trop longtemps supporté en se dissimulant leurs perfidies, leurs embûches, au lieu d'écraser du talon la bête venimeuse...* »

Mais, dans l'attente de cette mobilisation des fidèles, il fallait qu'en Terre sainte les chevaliers et les princes se défendent. À l'intention de la régente de Jérusalem, Mélisende, j'ai dicté une longue lettre. Je la savais désemparée par la mort de son époux, le roi Foulques d'Anjou, mais c'était la loi même du monde que « *toute chair est foin, et toute sa gloire est comme la fleur du foin...* »

« *Le roi votre époux est mort, et le petit roi est encore trop jeune pour gérer convenablement les affaires du royaume et pour remplir ses devoirs de roi ; tous les regards sont tournés vers vous, et toutes les difficultés du royaume reposent sur vous seule.*

« *Il est nécessaire que vous preniez fermement les choses en main, et qu'en vous la femme se manifeste comme un homme, gouvernant les affaires courantes en esprit de conseil et de force.* »

La reine Mélisende serait-elle capable de faire face ? Je concluais :

« *Votre tâche est grande, mais Dieu aussi est grand, et grande est Sa puissance !* »

C'est peu après que j'ai appris que Louis VII avait réuni une assemblée des grands du royaume de France, ses vassaux, à Bourges.

Devant cette assemblée, le souverain avait déclaré qu'il voulait prendre la tête d'une armée pour partir en croisade. Il avait fait vœu d'aller défendre le Saint-Sépulcre, et il respecterait cette promesse faite à Dieu.

Aussitôt, ç'avait été la dérobade des vassaux, yeux baissés, chacun des barons et des comtes craignant de laisser sa femme et ses biens.

Même l'abbé Suger, qui avait reconstruit une abbaye aussi richement décorée qu'un palais, avait détourné la tête, lui qui se disait le conseiller du roi !

Pour tous ces couards, ces habiles, ces jouisseurs, ces prudents, le Saint-Sépulcre était trop loin de leurs cheminées et de leurs draps de soie, de leurs épouses ou concubines !

Alors, quand un nouveau messager du pape est arrivé à Clairvaux, le 1er mars 1146, et que j'ai lu la lettre d'Eugène III m'invitant à prêcher la croisade en ses lieu et place, puisqu'il ne pouvait quitter Rome, j'ai été heureux d'obéir.

Prêcher la croisade, c'était prêcher la croix.

Celle que je ne cessais de porter.

Je me suis mis en route pour rejoindre la basilique de Vézelay où je devais rencontrer Louis VII, ses vassaux, ses barons, ses évêques, et la foule des fidèles que les prêtres du comté de Champagne, du duché de Bourgogne, du royaume de France et de plus loin encore, dans tous les diocèses de la chrétienté, avaient convoqués à cette assemblée où je devais prêcher.

J'ai gravi les chemins sinueux de Bourgogne, suivi des rivières encaissées. Le souffle m'a souvent manqué et j'ai dû faire halte au faîte des collines.

Les moines qui m'accompagnaient se rassemblaient autour de moi, formant une corolle blanche, et ils chantaient, le visage levé vers le ciel incertain de ce mois de mars 1146.

Au fur et à mesure que nous approchions de Vézelay, que le souverain avait choisie parce que cette basilique bourguignonne n'était guère éloignée du royaume de France, la foule de paysans et de prêtres, de chevaliers et de gens d'armes, de femmes et d'enfants, peuple chrétien aux visages divers mais entonnant les mêmes psaumes, se signant au passage des croix que portaient mes moines, se faisait plus dense.

Parvenu au sommet de la dernière colline, j'ai aperçu, blanche sous le soleil, la basilique, et, convergeant vers elle comme les affluents d'un fleuve vers le cours majeur, des dizaines de cortèges, tous précédés par la croix, surgissant des vallées et des lisières des forêts.

Leurs voix s'unissaient cependant qu'ils se mêlaient en une grande cohue frémissante.

J'ai aperçu le roi entouré de ses vassaux, escorté par les évêques dans leurs vêtements dorés. La foule était si nombreuse qu'il fallut se rassembler sur la colline de Vézelay ; autour de la basilique, il n'y avait plus place pour un seul corps.

C'était le 31 mars 1146. J'ai gravi les marches conduisant à l'estrade qui avait été dressée.

J'ai vu cette forêt de croix oscillant au-dessus des têtes innombrables, et toute ma fatigue s'est dissipée.

J'ai levé la main et le silence s'est établi.

J'ai dit :

— *Dieu le veut, et son souverain pontife sur cette terre nous le commande : emparons-nous pour toujours du Saint-Sépulcre ! Or les ennemis de la foi se sont rassemblés. Et la terre tremble. Elle se fend, des abîmes s'ouvrent parce que les infidèles s'apprêtent à profaner les Lieux saints, ceux où le sang du Christ, notre Seigneur-Roi, s'est répandu. Le jour est proche, si nous ne nous mettons pas en marche, revêtus de la croix, si les armées des fidèles ne se portent pas au secours des chevaliers francs de Terre sainte, où les infidèles se jetteront sur Jérusalem et sur les Lieux saints.*

« Des peuples chrétiens sont déjà captifs, d'autres sont égorgés comme des agneaux de boucherie. Or, nous sommes la chrétienté, riche en hommes courageux, en chevaliers, en gens d'armes, en jeunes hommes qui peuvent entrer dans la milice du Christ...

J'ai écarté les bras, faisant de mon propre corps une croix :

*— Que tous s'enrôlent dans les armées de la croi-
sade, qu'elles se mettent en marche vers la Terre
sainte ! L'Église protégera les femmes, les enfants et
les biens de ceux qui se seront enrôlés. Elle effacera
tous leurs péchés, elle accordera l'absolution, et elle
conduira, au nom du Seigneur-Roi, chaque croisé à la
vie éternelle !*

J'ai été comme poussé par la clameur qui, montant
de toutes parts, balayait le sommet de la colline à
l'instar d'un vent tumultueux.

J'ai vu les croix se dresser à bout de bras, et des
milliers de mains se tendre pour obtenir qu'on leur
donnât ces autres croix qu'ils coudraient sur leurs vêtements avant de se mettre en route.

Autour de moi, sur l'estrade qui paraissait n'être
qu'un frêle esquif voguant sur une mer houleuse, les
vassaux, barons et évêques se pressaient, m'annonçant
qu'ils se croisaient, qu'ils suivraient le roi, qu'ils
repousseraient les infidèles si loin du Saint-Sépulcre
que plus jamais celui-ci ne serait menacé.

Je ne pouvais plus ni parler ni bouger tant je me
sentais vidé de toute force, comme si les mots que
j'avais lancés à la foule avaient fini de consumer ma
vie.

La nuit est venue, puis d'autres matins.

J'ai repris la route de Clairvaux. Je me suis arrêté
dans chaque église, je suis entré dans chacune des

forteresses qui se dressaient le long du chemin, sur les sommets des collines.

J'éprouvais une sensation étrange. Chaque fois que, dans la nef de leur église ou la cour de leur château, des paysans ou des chevaliers se trouvaient rassemblés autour de moi, les forces me revenaient et je disais :

— *Et maintenant, à cause de nos péchés, les ennemis de la croix relèvent leur tête sacrilège, et leur épée dépeuple cette terre bénie, cette terre promise ! Et si personne ne résiste, hélas, ils vont se lancer sur la ville même du Dieu vivant pour détruire les endroits où s'est accompli le salut, pour souiller les Lieux saints qu'a empourprés le sang de l'Agneau immaculé.*

« Ô douleur ! ils veulent s'emparer du sanctuaire le plus sacré de la religion chrétienne, usurper le tombeau où, à cause de nous, notre vie a connu la mort !

Je me nourrissais des regards qui convergeaient vers moi, je puisais dans l'attention la force de poursuivre, de dire :

— *Que faites-vous donc, hommes courageux ? Que faites-vous, serviteurs de la croix ? Donnerez-vous aux chiens ce qu'il y a de plus saint, aux pourceaux des pierres précieuses ?*

« Depuis que le glaive de vos pères a purifié ce lieu de la souillure des païens, combien de pécheurs y sont allés confesser leurs péchés et y ont obtenu le pardon par leurs larmes ? Le Malin voit cela, il frémit d'envie, il grince des dents et trépigne !

La foule des paysans brandissait le poing, criait qu'elle voulait la mort du Malin. Les chevaliers levaient leurs glaives.

Je haussais la voix et, frémissant, lançais :

— *À quoi donc pensons-nous, mes frères ? Le bras de Dieu est-il devenu trop court, et Sa main est-elle impuissante à sauver ces infimes vermisseaux qu'il appelle à défendre et à récupérer un peu de ce qui est Son propre héritage ? Ne pourrait-Il lancer plus de douze légions d'anges... ? Il peut tout ce qu'Il veut. Mais je vous le dis, le Seigneur vous offre une chance... Il veut non votre mort, mais votre conversion, votre vie !...*

Ils tendaient les mains. Ils voulaient des croix. Ils étaient impatients de rejoindre l'armée de Louis VII qui quitterait un jour le royaume de France pour la Terre sainte.

Je suis rentré à Clairvaux. Dans les derniers jours de mon voyage de retour, j'ai rencontré des bandes bruyantes qui hurlaient qu'elles partaient en croisade, mais j'ai reconnu dans ces troupes désordonnées « *des scélérats, des impies, des voleurs, des sacrilèges et des parjures* ». Pour ceux-là, la croisade n'était que l'occasion de voler, de piller, de tuer.

Mais peut-être quelques-uns d'entre eux, si Dieu le voulait, seraient-ils, en dépit de leurs intentions criminelles, sauvés pour avoir combattu dans les armées de la foi ?

Je me suis retiré dans ma cellule. La fatigue était sur moi, en moi, comme un bloc de pierre aux arêtes tranchantes, déchirant ma poitrine et brisant mes membres.

Il me fallait encore rendre compte à Eugène III de la mission qu'il m'avait confiée. J'ai dicté à l'intention du souverain pontife :

« *Vous avez ordonné et j'ai obéi. Dieu m'a donné le Verbe pour la tâche que vous m'aviez confiée. Il m'a donné la force, et un peuple immense s'est rassemblé.*

« *J'ai ouvert la bouche, j'ai parlé et aussitôt les croisés se sont multipliés à l'infini. Les villages et les bourgs sont déserts. Vous trouveriez difficilement un homme contre sept femmes.*

« *On ne voit partout que des veuves dont les maris sont vivants.* »

24.

Je savais qu'en cette année 1146 la halte et le répit dans ma cellule de Clairvaux ne pourraient être que brefs.

Autant que je l'ai pu, je suis resté agenouillé à prier dans le silence de ma forteresse de foi, et dans l'abbatiale j'ai écouté les chants qui couvraient les murs blancs et nus de leurs harmonies généreuses, plus riches de couleurs que toutes les tapisseries, plus rares que les pierres les plus précieuses et l'or le plus fin.

J'ai su que l'armée du roi de France commençait à se rassembler. Mais, me disaient les moines venus de nos abbayes germaniques, aucun chevalier allemand, aucun vassal de l'empereur Conrad III ne se joignait à cette armée, aucun ne paraissait vouloir prendre la croix.

Était-il possible que l'empereur germanique, ce Conrad dont le propre frère était abbé de Morimond, l'une des quatre premières « filles » de Cîteaux, ne se croisât pas alors que de toute la chrétienté des chevaliers de petit fief, des manants prenaient la route de la Terre sainte ?

Il me fallait quitter Clairvaux, me rendre en Allemagne auprès de l'empereur afin de prêcher pour qu'il se joignît à la croisade avec ses vassaux, qu'ils obéissent à l'injonction du pape parlant lui-même au nom de Dieu.

J'ai marché vers la Germanie en compagnie de deux moines et de Baudouin, abbé de Châtillon.

À chaque halte, dans chaque église, chaque château, à Reims comme à Cologne ou Strasbourg, dans les villages et les villes, les sièges épiscopaux, j'ai prêché :

— *Je m'adresse maintenant à vous au sujet de l'affaire du Christ en qui réside votre salut. Je dis ceci pour que l'autorité de Dieu et la pensée de votre propre avantage excusent l'indignité de celui qui vous parle. Je suis tout petit, mais je désire grandement votre bien, dans le cœur de Jésus-Christ... La terre tremble, elle est ébranlée parce que le Dieu du Ciel est en voie de perdre Sa terre que Son sang a consacrée... Cette perte que rien ne pourra réparer sera pour tous les siècles une incomparable douleur, mais ce sera aussi pour notre génération une confusion infinie, une éternelle humiliation...*

Les gens m'écoutaient, ils clamaient leur foi et leur résolution, et à leur tour ils se croisaient.

Mais il y avait ceux, aveuglés et avides — ou des hommes trompés, conduits par le Malin —, qui, au lieu de marcher sus à l'infidèle qui menaçait la Terre sainte, se précipitaient, dans les villes d'Allemagne, vers les maisons des Juifs, les pillaient, les saccageaient, tuaient ou rançonnaient leurs occupants, clamant que ceux-ci aussi étaient des infidèles, qu'ils avaient livré le Christ, qu'ils étaient coupables de son martyre et que, dans leur ghetto, on sacrifiait dans des rites sacrilèges de jeunes enfants chrétiens pour s'abreuver de leur sang !

L'archevêque de Mayence me dit que ces foules sauvages étaient rassemblées et menées par un moine blanc, un cistercien du nom de Rodolphe, qui prêchait en disant que la croisade commençait ici même, en Germanie, contre les impies, les Juifs.

Menacés d'être égorgés, lapidés, brûlés, ceux-ci fuyaient leurs demeures, se réfugiaient dans les églises, les palais épiscopaux, les monastères, cependant que la foule en furie se répandait dans les ghettos.

J'ai frémi d'horreur à l'idée qu'un moine cistercien — même s'il avait abandonné son abbaye et son ordre — fût devenu cet être maléfique.

J'ai appelé au châtiment contre cet « *homme sans cœur, sans honneur, qui prêche sans en avoir le droit, qui méprise les évêques et justifie le vain homicide !* »

Je ne voulais pas que l'on tue les Juifs.

J'ai dit :

— *Ils se convertiront un jour, et il viendra un temps où le Seigneur abaissera sur eux un regard propice : car, lorsque toutes les nations seront entrées dans l'Église, Israël sera sauvé à son tour, mais, en atten-*

dant, tous ceux qui meurent dans leur endurcissement sont perdus pour l'éternité.

Des fidèles m'ont répliqué avec virulence : les Juifs étaient des usuriers ; à l'intérieur de leurs ghettos, ils recelaient des biens volés dans les églises. N'étaient-ils pas les tout premiers des impies ?

J'ai regardé les visages de ces fidèles ; c'étaient ceux de l'envie et de l'avidité. Leur raison avait été dévoyée par les prêches de ce Rodolphe qui s'était enfui de Mayence à mon arrivée.

J'ai repris :

— *Si je ne me retenais pas, je pourrais dire que dans les pays où il n'y a pas de Juifs, on a la douleur de trouver des chrétiens, si tant est que ce soient des chrétiens et non pas des Juifs baptisés, qui en remontreraient aux Juifs eux-mêmes en matière de prêts usuraires ! Au reste, s'il faut exterminer les Juifs, que deviendront à la fin du monde les promesses de conversion et de salut qui leur ont été faites ?*

Mais, sur les visages tournés vers moi, je ne découvrais toujours que soif de rapines, envie de tuer ou de violer. Et c'étaient les Juifs que Rodolphe avait désignés pour que se déversât sur eux toute la haine que chaque homme en vient à porter en lui quand il oublie l'amour de Dieu.

Alors j'ai haussé encore la voix, et le Seigneur m'a donné une fois de plus la puissance du Verbe. J'ai dit aux foules rassemblées dans les nefs des églises d'Allemagne :

— *Ce peuple juif a jadis reçu le dépôt de la Loi et des promesses, il a eu des patriarches pour Pères, et le Christ, le Messie béni dans les siècles des siècles, en descend selon la chair. Cela n'empêche pas que, suivant l'ordre émané du Saint-Siège, on ne les contraigne à n'exiger aucune usure de ceux qui se sont croisés...*

J'ai tendu le bras en direction du fleuve qui coule vers Byzance et j'ai dit :

— *Allons, et montons vers Sion au tombeau de notre Sauveur, mais gardez-vous de parler aux Juifs ni en bien ni en mal, car les toucher c'est toucher à la prunelle de l'œil de Jésus, car ils sont « ses os et sa chair », et Rodolphe a oublié le prophète qui a dit : « Dieu me fait connaître que vous ne devez pas massacrer Ses ennemis de peur que Son peuple n'oublie son origine. » En effet, les Juifs ne sont-ils pas pour nous le témoignage et le memento vivant de la Passion de Notre-Seigneur ?*

Je devais aussi leur rappeler que, durant la première croisade, un homme, Pierre l'Ermite, comme Rodolphe, avait entraîné une troupe de gens pleins de confiance loin des routes de la croisade. Et déjà les Juifs des villes d'Allemagne avaient eu à souffrir de sa folie.

— *Cette troupe périt presque tout entière par le fer et par la famine. Je craindrais pour vous le même sort si vous procédiez de la même manière. Je prie le Seigneur Dieu, béni dans les siècles des siècles, de vous préserver de ce malheur !*

À la fin, ils m'ont écouté, et j'ai vu venir à moi ces vénérables rabbins qui remerciaient l'Éternel de m'avoir envoyé pour les protéger sans exiger d'eux aucune rançon.

J'ai dit :

*— Si la loi chrétienne veut qu'on rabaisse l'inso-
lence et l'orgueil, elle fait un devoir d'épargner ceux
qui se montrent humbles et soumis, surtout quand il
s'agit du peuple qui a reçu, en dépôt, jadis, la Loi et
les promesses.*

Puis, une fois seul, je me suis agenouillé et j'ai
remercié Dieu de m'avoir donné la force et l'occasion
de montrer Sa miséricorde.

Mais je n'étais pas en Allemagne pour défendre les
Juifs contre les scélérats et les vauriens qui profitaient
de la croisade pour s'emparer des biens d'autrui.

Je voulais que l'empereur Conrad III se joigne au
roi de France Louis VII, et qu'ensemble ils marchent
vers la Terre sainte comme une force invincible.

L'empereur m'a reçu dans son château de Francfort
alors que les froids brouillards de l'automne enveloppaient les murailles de la ville d'un voile gris sombre.
Le feu flambait dans la cheminée au grand tablier de
pierre blanche sur lequel était taillé le blason de
l'Empire germanique. Cet aigle aux ailes déployées,
au bec acéré, aux serres crochues, ressemblait à
l'empereur lui-même dont les mains étaient agrippées
aux accoudoirs de son trône.

Tout, dans son attitude, indiquait qu'il ne voulait pas
quitter son empire, son château, s'éloigner de la chaleur de son feu, de la douce et grisante sapidité du vin
qu'il buvait tout en m'écoutant.

Il avait levé la main et secoué la tête, me signifiant
ainsi, sans même me parler, qu'il refusait de se joindre

à la croisade et qu'il me fallait m'éloigner de l'Allemagne.

Si je n'avais écouté que mon désir, j'aurais aussitôt
regagné Clairvaux. Ses murs à l'austérité blanche, son
silence, et, tout à coup, la montée des chants, comme
un bouquet de voix offertes à Dieu, me manquaient
tant qu'au milieu de la nuit, quand je sommeillais, je
croyais me retrouver dans ma cellule.

Mais j'étais vite réveillé par les bruits de pas, les
accents rauques des voix. Les messagers des évêques
d'Allemagne m'apportaient l'appel de tant d'églises et
de villes qui voulaient que je me rende auprès de leurs
fidèles pour prêcher la croisade, que je renonçai à mon
plus cher désir. Dieu le voulait...

J'ai sillonné les routes d'Allemagne sous les averses
et dans le vent qui annonçaient l'hiver.

Je me suis arrêté dans toutes les villes des bords du
Rhin, puis dans celles avoisinant le lac de Constance.
Les fidèles se pressaient. Dieu prêtait à ma voix un
regain de puissance. On m'acclamait. On voulait me
toucher, me porter. On jurait qu'on allait partir
défendre le Saint-Sépulcre. On voulait des croix, on se
rassemblait autour d'un chevalier qui allait guider la
troupe.

Il m'a semblé, en ces dernières semaines de l'année
1146, que le peuple germanique se levait en dépit de
son empereur et de ses grands nobles.

Puis, quand j'ai su que Conrad III réunissait à Spire tous ses vassaux pour qu'ils assistent à son couronnement, j'ai décidé de m'y rendre moi aussi.

J'ai senti qu'à chaque pas que je faisais dans Spire pour gagner le palais et l'église, le peuple de fidèles qui m'accompagnait était emporté par la foi.

On eût dit qu'un grand vent soufflait et m'emplissait la poitrine quand je suis monté en chaire et que j'ai tendu les bras vers Conrad III, l'interpellant, lui intimant devant la diète assemblée, ce 27 décembre, l'ordre divin d'avoir à prendre la tête de la croisade du peuple germanique, Dieu lui ayant accordé la grâce d'être sacré empereur, ce qui impliquait des devoirs de reconnaissance à l'accomplissement desquels veillait le Très-Haut.

J'ai écarté les bras et j'ai vu Conrad III baisser la tête, s'agenouiller, se signer, dire d'une voix forte :

— Je ne suis pas un ingrat. Je suis prêt à servir Dieu !

Alors je l'ai béni, puis j'ai crié, le vent de la foi portant loin ma voix :

— L'empereur prend la croix !

Et ce fut un immense élan de ferveur. Les vassaux se pressaient autour du souverain pour lui jurer fidélité, s'engager à le suivre. Je remis à ces nobles barons la croix, et à Conrad l'étendard de son armée.

J'avais obéi au pape, exécuté la mission divine, mis la chrétienté en croisade.

Je n'avais plus qu'à prier pour la victoire de cette seconde marche des fidèles vers le Saint-Sépulcre.

25.

J'ai parcouru les chemins d'Allemagne, de Champagne, de France et de Bourgogne par le très grand froid de l'hiver 1147.

J'avais quitté Spire le 3 janvier et voulais regagner au plus vite l'abbaye de Clairvaux.

Mais la route n'est droite que dans les cieux.

J'ai donc fait des détours et des haltes, le cœur serré à l'idée que je m'éloignais encore de ma cellule, du silence et de la communion amoureuse avec Dieu. Et qu'il me fallait, au contraire, affronter la foule des fidèles qui, à Cologne, Aix-la-Chapelle, Worms, Coblence, ou, encore plus loin de Clairvaux, à Liège, Cambrai, Valenciennes, Guise, puis à Reims enfin, attendaient de m'entendre prêcher contre l'hérésie ou appeler à la croisade.

Puis je sortais de ces villes et, leurs murailles franchies, le vent glacial me tailladait à nouveau la peau, s'enfonçait comme la pointe d'une flèche dans ma poitrine.

J'en avais le souffle coupé. Je m'arrêtais, tête baissée sous le capuchon de la coule, essayant de recouvrer ma respiration, songeant que j'en avais encore pour plusieurs jours de marche avant de m'agenouiller dans le silence de ma cellule.

Le 2 février, je suis enfin arrivé à Châlons. Je n'étais plus seul : de jeunes chevaliers qui voulaient revêtir l'habit blanc de l'ordre m'avaient rejoint peu avant mon entrée dans la ville.

Ils formaient une troupe enthousiaste, m'entourant comme pour me protéger du vent. J'aimais leurs chants, leurs voix juvéniles. Ils étaient comme un vol d'oiseaux migrateurs qui traversent le ciel pour regagner leur lieu de naissance.

C'était à Clairvaux qu'ils avaient décidé de voir à nouveau le jour.

Leur présence effaçait ma fatigue et me donnait la force de convaincre, voire d'ordonner.

Car c'est à Châlons que j'ai rencontré Louis VII, roi de France.

Il savait que, parmi les novices qui m'attendaient, priant dans la chapelle, se trouvait son propre frère, le prince Henri, qui avait été jusque-là archidiacre de Saint-Martin de Tours.

Le monarque m'a regardé avec respect et suspicion. J'ai senti qu'il me craignait, comme s'il avait enfin compris que je détenais un pouvoir plus grand que le sien, mais qui ne se mesurait ni en fiefs ni en tenures, ni en hommes d'armes ni en vassaux.

J'ai dit que je venais de Reims où je m'étais agenouillé là où saint Remi avait baptisé Clovis, premier roi chrétien, dont lui, Louis VII, devait défendre l'héritage et la foi.

Je me suis inquiété du retard pris par l'armée de la croisade.

Il m'a avoué qu'il rassemblait ses chevaliers et ses soldats, mais qu'il souhaitait établir un itinéraire de marche précis, afin de ne pas voir ses troupes se dissoudre en guerroyant tout au long de la route, ainsi qu'il en avait été lors de la première croisade. Il voulait que nous nous rencontrions à nouveau le 16 février à Étampes, où il réunissait ses vassaux et les évêques. Il fallait encore qu'il organise le gouvernement du royaume de France durant son absence.

Je lui promis d'être présent.

Alors il me demanda d'une voix humble de veiller sur son frère Henri qui avait fait le choix de rejoindre Cîteaux.

J'ai dit que saint Martin veillait sur lui comme l'âme de saint Remi et celle de Clovis protégeraient le roi de France.

Puis, avec mes novices, j'ai quitté Châlons pour Clairvaux.

Je ne redirai pas ma joie de retrouver les murs blancs de ma forteresse et de conduire dans notre abbatiale les soixante novices qui allaient apporter une nouvelle sève à notre ordre.

J'ai remercié Dieu.

Il voulait me montrer que, quand bien même j'étais contraint de quitter l'abbaye pour le calvaire du monde, Il n'oubliait pas Clairvaux ni son ordre. Et alors que je croyais affaiblir l'abbaye par mon absence, voici qu'Il m'offrait une moisson et m'obligeait ainsi à me souvenir que le Seigneur n'abandonne jamais ceux qui Le servent et L'aiment.

Et comme je L'aimais !

Je ne redirai donc pas ma tristesse de quitter ce lieu d'amour et de silence pour Étampes, puis Francfort, successivement pour le concile que présidait le roi de France et pour la diète d'Empire.

Mais c'étaient là des tâches nécessaires, et quand je me retrouvais au milieu des évêques et des vassaux du roi ou de l'empereur, je n'étais plus seulement le moine blanc, mais l'abbé qui avait été le maître d'un jeune novice devenu le pape Eugène III, le représentant de l'ordre cistercien qui comptait maintenant en ses différents rameaux — ceux de Pontigny, de Morimond, de La Ferté et de Clairvaux, filles aînées de Cîteaux —, plus de cent cinquante abbayes.

Quand je parlais, quand je disais au roi de France que l'abbé Suger devait gouverner en son absence le royaume, quand je répétais aux comtes et aux ducs germaniques qu'ils devaient, sur les frontières orientales de l'Empire, combattre les païens, Slaves et Wendes qui, comme jadis les barbares déferlant sur l'Empire romain, se pressaient aux portes de la chrétienté, j'étais la voix de toutes les abbayes, de l'Église entière qu'en tous lieux de la chrétienté nous portions sur nos épaules, comme si nos corps assemblés en constituaient les colonnes maîtresses.

J'ai été à Trèves et à Paris, à Verdun, puis de nouveau à Trèves. On était au printemps de l'année 1147. En juin, comme pour célébrer la résurrection, Eugène III a franchi la porte de son abbaye de Clairvaux.

J'étais agenouillé parmi les moines pour recevoir celui qui était né ici à la pleine foi et que Dieu avait choisi pour être le souverain qui Le représenterait en ce monde.

Eugène III, mon moine Bernard Paganelli, dont je me rappelais les premiers pas dans notre abbatiale, m'a relevé, serré contre lui, et j'ai ressenti si intensément sa joie que j'ai pleuré à ce signe que Dieu m'envoyait, à cette tiare qu'Il avait posée sur notre ordre comme pour lui témoigner Son attention.

Nos chœurs, ce jour-là, dans la beauté gracile de ce mois de juin, ont été les plus fervents que j'aie entendus sous nos sobres voûtes.

J'ai quitté l'abbaye en compagnie d'Eugène III et, à Paris, au milieu de la foule, non loin de cette colline Sainte-Geneviève où reposaient les corps de Clovis et de Clotilde, l'armée de Louis VII s'est rassemblée dans un grand remuement de chevaux et de gens d'armes, si nombreuse que la poussière qu'elle soulevait voilait le soleil.

Le pape l'a bénie puis a remis au roi l'oriflamme, la panetière et la cloche du pèlerin.

Et le souverain et son armée se sont ébranlés.

Que Dieu veille sur eux !

Puis, après un été flamboyant qui laissa les champs roussis, l'hiver est revenu.

Avec Eugène III j'ai repris les routes d'Allemagne, car un flot de païens se déversait dans l'Empire et il fallait l'endiguer.

C'était une autre croisade qu'il fallait prêcher pour défendre la chrétienté contre un nouvel ennemi.

Jamais ne se terminerait le calvaire...

Rentré à Clairvaux, chaque jour de la nouvelle année 1148 j'ai reçu de funestes nouvelles de Terre sainte.

Les chrétiens d'Occident et d'Orient s'étaient divisés. Les chevaliers germaniques de Conrad III avaient été décimés dans d'étroites et étouffantes vallées, à Dorylée, harcelés et taillés en pièces par les cavaliers turcs qui tournoyaient, légers et agiles, autour de ces soldats paralysés par leurs armures. Puis ce fut le tour de l'armée de Louis VII d'être défaite à Laodicée ; pour ne pas être détruite, elle avait laissé massacrer tous les pèlerins sans armes qui l'avaient suivie !

Dieu nous châtiait. Dieu voulait que nous souffrions. Dieu voulait que nous ployions la tête, la nuque, les épaules sous le poids de la croix.

Il voulait que nous L'aimions plus infiniment encore dans l'adversité, et que nous implorions Sa miséricorde.

Ce que j'ai fait chaque jour.

Neuvième partie

26.

Mains jointes, j'ai écouté ce chevalier qui portait sur sa poitrine la croix de l'ordre du Temple.

Il arrivait de Terre sainte et son visage émacié avait la couleur ocre du désert.

Je connaissais déjà les noms des défaites subies par les croisés, mais il y a loin du mot écrit à la voix. Le chevalier se tenait debout en face de moi, dans la salle capitulaire que la pénombre envahissait peu à peu. Ainsi, son corps enveloppé par l'obscurité s'effaçait lentement, ne laissant voir que des reflets de métal qui me faisaient imaginer ses épaules, ses mains couvertes de gantelets, la large lame à double tranchant de son glaive.

J'avais froid. Je ne réussissais pas à maîtriser le tremblement de mes lèvres et de mes dents. Je serrais mes mains si fort qu'elles en devenaient douloureuses.

Ce n'était pas l'hiver précoce qui me glaçait, mais la voix du chevalier, hargneuse et forte.

Avec chaque mot il me portait un coup de lame. J'avais l'impression que j'étais l'un de ces croisés, chevaliers germaniques ou français, dont le sang s'écoulait sur la terre sacrée, leurs gorges tranchées, leurs corps tailladés par les cimeterres, leurs cuirasses percées par les flèches des Turcs de Nûr al-Din. Et j'aurais voulu que mon agonie s'achève comme ces combattants vaincus avaient dû le souhaiter en voyant leurs femmes — car ils avaient des femmes avec eux ! — violées, éventrées, et leurs enfants — car ils avaient avec eux des enfants ! — embrochés.

Je me suis agenouillé devant le chevalier dont je ne discernais plus les traits ni le corps mais dont la voix disait la défaite de Louis VII, roi de France, et de Conrad III, empereur du Saint Empire romain germanique. L'un et l'autre s'étaient retrouvés à Jérusalem comme des pèlerins seulement soucieux de quitter au plus vite la Terre sainte que leurs vassaux, leurs chevaliers, leurs hommes d'armes avaient abreuvée de leur sang.

Et je me ressentais comme eux vaincu, moi qui avais prêché la croisade, moi qui n'avais pas su les empêcher de se faire accompagner de leurs épouses, et celles-ci de toute leur suite — et les soldats avaient imité leurs princes, ils avaient entraîné avec eux ces femmes de nuit, dépenaillées et offertes. Et c'était cette troupe-là qui avait voulu combattre les infidèles, les éloigner du Saint-Sépulcre, alors qu'elle-même était sacrilège !

Mais, disait le chevalier, c'était Bernard de Clairvaux, maintenant, qu'on accusait, à qui l'on reprochait d'avoir envoyé à la mort tant de chrétiens pour un si piètre combat, une si noire défaite, un si grand désastre. Et il me dressait la liste des morts, dont le dernier était Raimond de Poitiers, prince d'Antioche.

Je m'étais agenouillé et avais fermé les yeux.

Le chevalier s'approcha, se pencha vers moi.

Il chuchota que, tout au long de la route du retour, à Rome et dans les abbayes où il avait trouvé refuge, des voix murmuraient que j'étais coupable. Et, disait-il, c'étaient tous ceux, à la curie ou dans les chapitres, que la vertu et la règle gênaient, qui étaient tentés de rejeter l'austérité, la pauvreté et le travail, qui voulaient jouir de la puissance de l'ordre cistercien et de la richesse nouvelle des abbayes, c'étaient ceux-là qui se montraient mes plus fermes accusateurs.

Je n'ignorais rien de cela. Nous avions donné naissance à la soixante et unième fille de l'abbaye de Clairvaux, celle d'Aude-Pierres, et certains des moines blancs, mes frères, qui voyaient leurs domaines s'étendre, leurs greniers se remplir de récoltes chaque année plus abondantes, rêvaient de lard, de viande grasse, de crème et de vin. Et, pour certains, de femmes.

Aussi n'étais-je pas surpris qu'on m'accusât du désastre de la croisade, qu'on se vengeât ainsi de ma rigueur maintenue, durcie, même, car je sentais que le monde entier se relâchait, que, les clairières s'étendant et le grain coulant à pleins boisseaux, le goût des plaisirs se répandait et on en oubliait les exigences de Dieu.

Et c'est moi, le misérable abbé, qu'on voulait crucifier pour l'empêcher de prêcher, à qui l'on voulait crever les yeux afin qu'ils ne vissent pas les périls qui menaçaient l'Église et même l'ordre lui-même.

Je me suis redressé. Je n'allais pas me laisser ainsi

accuser ! Je ne serais pas le bouc qu'on tue pour se laver les mains dans son sang !

Dieu voulait laisser à chacun sa part.

J'ai dicté une lettre destinée à Eugène III, au nom de qui j'avais prêché la croisade :

« Je me suis lancé dans cette affaire non par hasard, mais sur votre ordre, ou plutôt sur l'ordre de Dieu. »

Mais j'accepterais le châtiment, l'accusation, car *« les jugements de Dieu sont justes ».*

J'ai hésité à poursuivre. Je ne voulais pas me dérober, mais il me fallait dire aussi comment ces barons, ces hommes d'armes, ce roi et cet empereur avaient agi.

Je voulais leur crier la vérité, les fustiger, les contraindre à regarder leurs fautes.

Qu'ils me haïssent ou qu'ils me tuent, peu m'importait !

J'ai murmuré — je me souviens de chaque mot et le reprends aujourd'hui, encore plus mien qu'il ne le fut alors, il y a quatre ou cinq ans :

« Je le trouve grand, celui que le malheur peut frapper sans qu'il se départe si peu que ce soit de la sagesse ; je trouve tout aussi grand celui que la fortune a pu flatter de ses sourires sans le séduire. Il me semble pourtant que l'on rencontrerait plus aisément un sage qui l'est resté dans les revers qu'un sage qui l'est encore dans le succès.

« Pour moi, je place au premier rang, grand entre tous, celui que la fortune a pu toucher sans que cela se soit traduit ne serait-ce que par un ton moins naturel

du rire ou du langage, ne serait-ce que par un soin
plus affecté du vêtement ou du maintien. »

Mais où étaient-ils, ces grands restés humbles ?

Auraient-ils oublié que la mort saisit toujours le vif, et qu'il leur faudrait bien comparaître en traînant derrière eux les haillons de leur gloire et de leur fortune, les reliefs de leurs ripailles et les rubans de leurs débauches ?

Moi, en ces années-là, Dieu me frappa pour que toujours je me souvinsse de quel fil ténu est tissée la vie.

Les miens mouraient. Frères et sœur, déjà partis. Guillaume de Saint-Thierry et l'archevêque irlandais Malachie, mon ami, les suivirent. Et, quelques mois plus tard, deux abbés de Cîteaux, dont l'un avait succédé à l'autre. Puis Suger, l'abbé de Saint-Denis. Puis le comte Thibaud de Champagne. Puis Conrad III. C'était l'année passée, en 1152.

Je courais après le malheur comme pour mieux oublier ces mois de douleur où, le doigt tendu vers moi, on me demandait d'expliquer encore pourquoi la croisade s'était conclue par un désastre.

Et il me fallait me défendre à nouveau. Et il me semblait que je n'en avais plus la force.

Je me suis recueilli, tête baissée, menton contre la poitrine, pour que le feu de douleur qui me rongeait se changeât en source de mots.

Il le fallait. Et j'ai écrit ces années-là le *Traité de la consideration*, que j'allais adresser à Eugène III pour que le souverain pontife sache ce que je pensais de la déroute sanglante des croisés, de l'état de l'Église et des devoirs d'un pape.

Qu'il m'écoute donc, ce moine de mon ordre dont j'avais guidé les premiers pas bien avant qu'il ne devienne le successeur de Pierre !

« Vous êtes placé à la tête de l'Église pour veiller sur elle, la protéger, prendre soin d'elle et la conserver. Commander pour servir... Gardez-vous, vous qui êtes homme, de dominer les hommes, car c'est l'injustice qui dominera sur vous... Vous devez consacrer votre tâche à la conversion des infidèles, à la foi, empêcher les convertis de retourner à leur état antérieur, et rappeler ceux qui y sont retournés... »

J'interrompais ma dictée, quittais ma cellule pour tenter d'aller faire quelques pas à travers notre domaine. Mais, dans mon souvenir, le vent y est toujours froid, le soleil masqué, la pluie glacée, la terre boueuse.

Les saisons étaient ainsi : hostiles.

L'hérésie relevait la tête. L'évêque de Poitiers, Gilbert de La Porrée, un homme qu'on disait savant et qui avait passé sa vie à lire et commenter les Livres saints, s'égarait. Et des archidiacres venaient à moi, chuchotant ce que La Porrée avait prêché : que Dieu n'était pas Dieu, qu'on pouvait ne pas croire à la sainte Trinité.

Il me fallut à nouveau combattre, prêcher à Reims où Eugène III avait réuni un concile, rappeler que

« Dieu est Celui de qui tout procède, par qui tout existe. De qui tout procède par création, non par génération. Par qui tout existe non seulement comme auteur, mais encore comme ordonnateur. En qui tout existe non en un lieu, mais virtuellement... »

Mais, pour la première fois de ma vie si étirée que je n'en voyais plus la source — tant de paysages et de moments traversés depuis mon entrée à l'abbaye de Cîteaux ! —, j'eus l'impression de n'être pas entendu. Que Gilbert de La Porrée avait trop de complices parmi les évêques, et jusqu'à la curie romaine, pour qu'on acceptât de le condamner.

Il lui avait suffi de remuer les lèvres pour faire croire qu'il renonçait à ses propos, que lui aussi pensait comme moi — il répétait ma propre phrase : *« que la vision la plus parfaite est celle qui n'a besoin de rien d'autre qu'elle-même pour voir l'objet qui lui convient et pour en tirer son contentement »* — pour qu'on renonçât à le condamner.

Et l'on me rapportait qu'au lendemain du concile il avait continué de prêcher ses principes hérétiques.

Je suis rentré à Clairvaux, meurtri.

Je me suis agenouillé dans ma cellule. Dieu voulait-Il me punir en me faisant sentir les limites de mon action ? Voulait-Il me forcer à ployer l'échine, moi qui parfois, avec vanité et même ivresse, répétais : *« On dit que je suis plus pape que le pape ! »*

Seigneur, je ne suis qu'un misérable moine, si faible et démuni entre Tes mains !

Aie pitié de moi, Seigneur !

J'ai prié.

C'était un temps dur à supporter. Il semblait devoir mettre fin à ma vie même.

Pour châtier mes péchés, le Seigneur paraissait ne plus vouloir se souvenir de Sa miséricorde.

Il avait agi de même avec les croisés, les châtiant pour leurs discordes, leurs débauches, leur orgueil. Ils avaient été battus dans le désert, avaient péri par l'épée, la flèche, ou étaient morts de faim et de soif.

Dieu m'avait laissé accuser de ce désastre.

Et Il avait laissé Gilbert de La Porrée répandre ses erreurs.

J'ai prié.

J'ai dit :

— *Je préfère entendre les murmures des hommes s'élever contre moi plutôt que contre Dieu !*

Volontiers, je prends sur moi les reproches, les blasphèmes, pour qu'ils n'aillent point jusqu'à Dieu !

Seigneur, je trouve bon que Tu veuilles m'utiliser comme Ton bouclier.

Je ne refuse pas d'être sans gloire pourvu qu'on ne s'attaque pas à la gloire de Dieu !

27.

Durant toute ma vie si longue — plus de soixante ans maintenant —, j'avais été brûlé par ce feu de la maladie qui jamais n'avait cessé de couver dans ma poitrine et qui, souvent, embrasait mon corps avec une ardeur sauvage.

J'avais connu la fatigue et l'épuisement, à ne plus pouvoir avancer dans l'abbatiale qu'en m'appuyant aux colonnes, aux dossiers des stalles.

J'avais entendu s'approcher les pas de la Mort et vu l'éclair de sa faux trancher les vies autour de moi.

Mais jamais encore je n'avais éprouvé une telle lassitude, un tel accablement, comme si j'avais été enseveli sous une couche de terre fine et grise qui pénétrait par chacun de mes pores, couvrait mes yeux, emplissait ma bouche, m'empêchait de respirer et de parler à voix haute et distincte, m'obligeant à marmonner chaque mot arraché à cette terre impalpable, cette poussière à quoi mon corps serait bientôt réduit.

J'ai chuchoté :

— Je me sens mourir.

Je n'avais jamais prononcé ces mots-là. Il m'a semblé qu'ils ouvraient la porte du passage. Dieu me les avait inspirés pour m'avertir.

Je n'ai éprouvé aucune crainte, mais, au contraire, un sentiment de gratitude et de paix.

J'étais au bout de ma course. Le monde était devenu un chemin où je me blessais à chaque pas, où chaque jour m'apportait son lot de mauvais coups.

Nicolas, ce moine que j'avais choisi pour être près de moi et écrire sous ma dictée, à qui j'avais accordé toute ma confiance, puisqu'il était venu à nous, cisterciens, quittant son monastère et son habit noir pour notre coule blanche, voilà que je découvrais qu'il m'avait trahi, utilisant mon sceau pour marquer ses missives personnelles comme si elles étaient miennes, puis s'enfuyant de Clairvaux avec des manuscrits et des pièces d'or, sans oublier bien sûr mon sceau !

Il avait été avec moi comme Judas avec le Christ, se découvrant lui-même pour ce qu'il était.

J'ai averti les abbés, les évêques, le pape même de l'usage qu'il avait pu faire de mon sceau. Mais, ai-je écrit à Eugène III, *« je ne veux pas souiller mes lèvres et vos oreilles à détailler ses turpitudes »*.

Dieu le châtierait à son heure.

Quelques mois plus tard, j'ai appris qu'on l'avait arrêté et réduit au silence perpétuel dans un monastère.

Tels étaient les hommes, si souvent habités par le démon, qu'ils fussent moines, et même moines blancs, manants ou rois !

Mais, alors que coulait sur moi cette terre fine et grise, cette poussière qui me tenait lieu de linceul d'avant le linceul, on me sollicitait encore comme si j'avais eu devant moi des années de vie, en moi des forces inépuisables.

Comment me dérober, comment laisser l'un de mes moines, Henri, frère de Louis VII, élu évêque de Beauvais, être menacé d'une guerre par son propre frère ? Henri avait eu le courage de supprimer un impôt levé par les évêques au bénéfice des seigneurs vassaux du roi, et naturellement Louis VII soutenait ces derniers.

Et moi j'en appelai au pape, dénonçai ce roi chrétien qui, alors que les infidèles l'avaient défait, s'apprêtait à partir en guerre contre son propre frère ! Ou bien, pour d'aussi sordides raisons, contre Geoffroi le Bel, duc d'Anjou.

J'ai réussi à empêcher ces nouvelles guerres fratricides qui déchiraient l'Église, l'affaiblissaient face aux infidèles. J'ai condamné le goût du lucre qui rongeait les hommes, y compris les plus titrés, et les abbés comme les évêques.

Avec mes dernières forces, j'ai voulu écrire la vie de Malachie, mon ami irlandais, ce saint homme :

« Depuis le jour de sa conversion jusqu'à la fin de sa vie, il vécut sans rien en propre, sans serviteurs, sans servantes, sans villas, sans terres, sans aucun revenu ecclésiastique ou laïque, même quand il fut revêtu de l'épiscopat... Quand il partait pour prêcher l'évangile, il allait à pied, même évêque et légat. Aussi était-il vraiment l'héritier des apôtres... »

M'étais-je approché de ce saint ? J'avais été indifférent à la richesse et à la gloire, mais avais-je su résister à la vanité, à l'orgueil que nourrit la puissance ?

Sur ma paillasse, dans ma cellule glacée, faiblement éclairée par une bougie, j'étais encore envahi par la joie quand j'apprenais que de nouvelles « filles » naissaient de Clairvaux — la soixante-sixième était l'abbaye de Moureilles.

Mais peut-être Dieu jugeait-Il que cette joie n'était pas pure, que j'éprouvais une jouissance trouble à savoir que j'étais celui qui incarnait les cent soixante abbayes de notre ordre et qu'on sollicitait encore pour qu'il prêchât et prît la tête d'une troisième croisade afin de venger le désastre de la deuxième ?

Je me suis rendu à Chartres où se tenait le concile voulu par Eugène III pour décider de lever cette nouvelle troupe qui partirait en Terre sainte.

Je le confesse : j'ai senti que je n'avais plus en moi la force de prêcher la moindre croisade. Et cependant, j'y étais prêt si Eugène III me l'avait ordonné.

Mais la blessure du fiasco était encore trop béante pour que le souverain pontife, le roi Louis VII ou l'empereur Frédéric Barberousse, successeur de Conrad III, désirent vraiment affronter, si peu de temps après, les nouveaux périls d'un long périple avant ceux des combats.

Et quand le chapitre de Cîteaux, jugeant qu'une nouvelle croisade ainsi engagée était une folle aventure, décida que je ne devais ni la prêcher ni la conduire, je remerciai Dieu de m'épargner cette nouvelle épreuve.

Je suis rentré à Clairvaux.

Je savais que la mort était en moi, qu'elle creusait.

Combien de temps me laisserait-elle encore être cette enveloppe de chair, cette pensée que j'appliquais à méditer sur le sens du baptême, du martyre, ce dernier valant pour le premier si la foi habitait le supplicié, *« car, sans la foi, qu'est-ce que le martyre, sinon un simple supplice ? »*

Peut-être était-ce l'effet de cette poussière qui me recouvrait peu à peu, mais je regardais ma vie et ce que j'avais fait avec un détachement, une sérénité qui me laissaient surpris.

Je montais en chaire, prêchais à mes frères d'une voix qui peut-être ne les atteignait plus, mais ils s'efforçaient de lire mes propos sur mes lèvres.

Je leur disais :

— *Connais ta propre mesure. Tu ne dois ni t'abaisser, ni te grandir, ni t'échapper, ni te répandre. Si tu veux conserver la mesure, tiens-toi au centre. Le centre est un lieu sûr ; c'est le siège de la mesure, et la mesure est la vertu... L'éloignement implique ordinairement exil, extension, déchirure, élévation, chute et profondeur, engloutissement.*

« Avance donc avec précaution dans cette considération de toi-même. Sois envers toi intransigeant. Évite, lorsqu'il s'agit de toi, l'excès de complaisance et d'indulgence.

« Qu'il n'y ait surtout dans ton esprit aucune fraude !

« Il faut que le partage soit loyal : à toi ce qui est tien ; à Dieu et sans mauvaise foi ce qui est à Lui !

« Je crois inutile de te persuader que le mal provient de toi, et que le bien est le fait du Seigneur.

28.

J'ai accompli mon dernier voyage, ma toute dernière action en ce printemps de 1153, la soixante-quatrième année de ma vie.

J'aurais aimé attendre patiemment la venue de la mort, la fin de son travail en moi, la désagrégation de mes membres devenus terre, poussière agglomérée, à la veille de se réduire en poudre.

Mais l'archevêque de Trèves a fait irruption dans ma cellule et m'a supplié de gagner avec lui les bords de la Moselle pour arrêter la tuerie à laquelle se livraient, aveuglés par les passions malignes, le duc Mathieu de Lorraine et l'évêque de Metz. Des milliers de corps avaient déjà été jetés dans la rivière ou abandonnés à la voracité des loups et des corbeaux picoreurs de visages.

Je suis parti, cadavre moi-même, traînant mes os et mon linceul de peau. J'ai prié tout au long de la route pour que Dieu ne m'abandonne pas à cet instant, qu'Il m'accorde la grâce de revenir mourir dans ma cellule pour être inhumé devant l'autel de la Sainte Vierge, dans mon abbaye.

Il m'a semblé que le Très-Haut me lançait un défi : si je réussissais à rétablir la paix entre l'évêque et le duc, Il saurait se montrer miséricordieux avec le pauvre moine que j'étais.

J'ai demandé que l'on me déposât dans une île de la Moselle et, les menaçant des foudres du Seigneur, j'ai exigé que l'évêque et le duc me rejoignent et que nous restions ainsi seuls sous le regard de Dieu.

J'ai compris que dans ma faiblesse résidait ma force.

L'homme d'armes et le clerc, l'homme de force et l'homme de foi furent l'un comme l'autre effrayés à la vue des os qui me perçaient la peau, de mes yeux enfoncés comme ceux d'une tête morte.

Je leur ai dit :

— *Je parle au nom de Dieu. Vous le voyez : je vais bientôt Le rejoindre et je rapporterai notre entrevue. Je Lui dirai que vous m'avez écouté et que vous avez mis fin à cette tuerie de chrétiens. Je Lui dirai si vous avez conclu la paix entre vous, et comment.*

Ils se sont entre-regardés, puis agenouillés devant moi. Ils ont prêté serment de déposer les armes.

J'ai su que je mourrais dans ma cellule.

C'était l'été. En moi, dans mes yeux, sur ma peau, dans ma bouche, la poussière était brûlante.

Un messager s'est penché, hésitant, puis a murmuré que le pape Eugène III, mon novice, mon moine blanc, mon frère de Clairvaux, mon souverain pontife, s'en était allé le 8 juillet 1153, il y avait de cela un mois.

Il n'était que temps pour moi.

Je fais un signe : je veux écrire une toute dernière lettre, dire ce qu'il en est de moi à l'abbé de Bonneval, Arnaud.

Et puis je me tairai ; je me laisserai enfouir par la poussière, les yeux voilés par ce gris, ces milliers de points gris qui se seront rejoints pour me séparer de ce qu'est la vie.

Je ne vais pas dicter. Je veux que mes ultimes gestes soient ceux de l'écriture. Et qu'ainsi, ce qu'il me reste d'énergie s'inscrive sur le parchemin et y demeure comme l'ultime trace de mon existence.

« *Nous avons reçu, cher Arnaud, votre témoignage d'affection avec affection. Je ne puis dire avec plaisir.*

« *Que reste-t-il pour le plaisir quand l'amertume réclame tout pour elle ?*

« *S'il me reste encore quelque plaisir, c'est celui de ne plus rien manger.*

« *Le sommeil m'a quitté afin que la douleur ne me quitte jamais, pas même à la faveur de ce moment où je perdais conscience.*

« *La faiblesse de mon estomac est le principal de mes maux. Continuellement, jour et nuit, il exige d'être soulagé par un peu de liquide et ne peut supporter le moindre aliment solide. Ce peu même qu'il veut bien accepter, ce n'est pas sans une terrible douleur qu'il l'absorbe, mais il en craint une bien pire s'il restait à vide. Si par hasard il se laisse aller un peu plus, c'est atroce.*

« *Mes pieds, mes jambes sont enflés comme ceux d'un hydropique.*

« *Et au milieu de tout cela (je ne cacherai rien à un ami soucieux de l'état de son ami), selon l'homme intérieur (je suis fou de le dire), l'esprit est dispos dans la chair malade.*

« *Il est temps que je parte !*

« *Priez notre Sauveur, qui ne veut pas la mort du pécheur, de ne pas différer mon voyage, mais de le prendre sous Sa garde.*

« *Chargez-vous de protéger par vos prières mon talon nu de mérites. Ainsi le serpent qui me guette ne pourra trouver où planter son croc.*

« *J'ai moi-même écrit cette lettre, malade comme je suis, pour qu'à la main bien connue tu reconnaisses mon affection.* »

Si Dieu le veut, et je L'en prie, demain 20 août 1153 sera le jour de ma mort.

ÉPILOGUE

C'était un jour de la deuxième année du troisième millénaire.

Je m'étais assis à l'abri du vent dans le cloître de l'abbaye de Sénanque, à même le sol, sur ces larges dalles de pierre que les moines blancs, disciples de Bernard de Clairvaux, ont usées de leurs pas lents au fil des siècles.

La lumière, depuis l'aube d'hiver, avait été affûtée par le froid. Elle éblouissait, mais tel un reflet, sans réchauffer le corps.

J'avais même le sentiment que cette clarté tranchante, ce blanc insolent qui jouait sur les dalles, dessinant les arches de la colonnade, rendait le vent plus glacé.

Là où je me tenais, dos appuyé au mur, il ne me frappait que du bout de sa lame, et cependant il me blessait.

Cette lumière solaire, jaillissante, ce froid insoutenable exprimaient la tension que je ressentais depuis que j'avais achevé ce troisième livre, que j'avais fait taire en moi, le 20 août 1153, il y avait seulement quelques jours, la voix de Bernard de Clairvaux dont j'avais essayé d'emprunter les mots, la violence et la sensibilité, la force et les faiblesses.

J'avais donc fait le tour de ces trois colonnes : Martin de Tours, Clovis, Bernard de Clairvaux, dont le père V., un samedi après-midi, le 27 du mois d'octobre 2001, m'avait assuré qu'elles soutenaient l'édifice de la foi dans notre pays.

J'avais dit ce que j'avais appris de leur vie.

J'avais parlé de leur conversion, de leur foi.

J'avais dit comment ils aimaient Dieu, comment ils priaient, comment ils prêchaient, et comment, séparés l'un de l'autre par des siècles, ils avaient cependant noué cette trame chrétienne, fil à fil, avant que tant d'autres après eux trois poursuivent la tâche, tissant la France, fille aînée de l'Église.

Pourtant, au terme de ce troisième livre, alors que l'abbé de Clairvaux n'était encore que Bernard, qui ne serait canonisé par une bulle du pape Alexandre III que le 18 janvier 1174, je craignais qu'il n'y eût un abîme entre ce que furent Martin, Clovis, Bernard, et ce que j'avais reflété de leur foi.

Un écart aussi grand, aussi douloureux qu'entre cette lumière qui courait le long de la colonnade et le froid glacial qui me saisissait.

C'est une chaleur solaire qu'il m'aurait fallu exprimer, et peut-être eût-il suffi, pour ce faire, que je murmure une phrase comme :

« Ils croyaient en l'amour de Dieu, et je partage leur croyance. Ils l'ont transmise et je veux comme eux la défendre et la répandre, et garder ainsi en vie l'un des corps de la France. »

Je ne l'ai pas écrite, et j'ai froid.

J'ai suivi la marche de la lumière dans le cloître de cette abbaye, l'une des quelque cent soixante-sept — chiffre imprécis, sans doute inférieur à ce qu'il fut — abbayes de l'ordre cistercien, celui de Bernard de Clairvaux.

Que sait-on aujourd'hui de la joie et de la souffrance qu'expriment ces pierres vives ? Comment espérer pénétrer le mystère de leurs semailles, de leur éclosion, de leur floraison dans toutes les clairières de la chrétienté si l'on ne s'agenouille pas, si l'on n'aime pas Dieu ?

Vus d'ici, dans cette lumière qui ne me réchauffe pas, dans cette poigne glacée qui m'étreint, Martin, Clovis, Bernard ne sont que des ombres qu'on discerne à peine dans un passé si lointain qu'il en devient indistinct.

Il est vrai que, si les siècles les séparent, la même foi les unit. Clovis s'agenouille sur le tombeau de Martin ; Bernard se souvient de l'un et de l'autre.

Jusqu'au milieu de cette obscure forêt qu'est le XXᵉ siècle, on savait encore qui ils étaient.

De Gaulle écrit, je m'en souviens, dans *Le Fil de l'épée* : « C'est grâce à la hache de Clovis que la patrie a repris conscience d'elle-même après la chute de l'Empire. »

Et, contemplant depuis Colombey-les-Deux-Églises les futaies noires qui s'étendent à l'horizon, Malraux rapporte cette impression et les propos du Général :

« Sans doute saint Bernard a-t-il parcouru comme lui cette immensité déserte de l'hiver : Clairvaux est au-dessous de nous. Il m'a dit une phrase surprenante de sa part (mais qui exprime peut-être l'un de ses domaines secrets) : "Saint Bernard était assurément un colosse ; était-il un homme de cœur ?" »

Je sais qu'il l'était. Il me suffit de regarder cette voûte, ces arches, ce cloître, d'imaginer chacune des abbayes cisterciennes, toutes ces pierres ordonnées, leur élévation minérale, pour savoir que, sans le cœur, sans la foi, rien de tout cela ne serait né, ne se serait maintenu.

Mais le froid est là, qui continue à me saisir.

Je me suis levé, j'ai marché contre le vent qui lançait ses traits entre les colonnades et tourbillonnait sous la voûte.

Je me suis souvenu de ce qu'écrit Patrice de La Tour du Pin dans *La Quête de joie* : « Tous les pays qui n'ont plus de légende seront condamnés à mourir de froid. »

Peut-être était-ce pour cela que je grelottais ? Peut-être aussi n'avais-je suivi le conseil du père V., décrit ces trois colonnes de notre foi, que pour rendre un peu de légende à notre pays, l'en réchauffer ?

J'ai quitté Sénanque.

J'ai traversé la Provence où le vent ciselait chaque cep, chaque cyprès, chaque dentelle de pierre, chaque clocher.

Je suis arrivé le lendemain à l'abbaye du Thoronet et j'ai marché vers l'autel.

Que peut la légende sans la foi ?

Sous la voûte nue, la lumière, pénétrant par trois ouvertures, irriguait la table sacrée, ce bloc de pierre.

J'ai hésité.

Puis je me suis souvenu de ce *Sermon sur l'Ascension* de Bernard de Clairvaux, et j'ai retrouvé sa voix telle que je l'avais imaginée :

« *Tant que nos cœurs sont encore divisés et que l'on est dans l'entre-deux, il reste en nous bien des sinuosités, nous ne possédons pas la cohésion parfaite.*

« *C'est donc les uns après les autres et, en quelque sorte, membre après membre, que nous devons nous élever jusqu'à ce que l'union soit parfaite en cette Jérusalem d'en haut dont la solidité vient de ce que tous y participent à l'être même de Dieu.*

« *Là, non seulement chacun, mais tous également commencent d'habiter dans l'unité ; il n'y a plus de division ni en eux-mêmes ni entre eux.* »

J'ai prié.

« Que ceci soit la fin du livre,
mais non la fin de la recherche. »

SAINT BERNARD

Table

Du même auteur

ROMANS

Le Cortège des vainqueurs, Robert Laffont, 1972.

Un pas vers la mer, Robert Laffont, 1973.

L'Oiseau des origines, Robert Laffont, 1974.

Que sont les siècles pour la mer, Robert Laffont, 1977.

Une affaire intime, Robert Laffont, 1979.

France, Grasset, 1980 (et Le Livre de Poche).

Un crime très ordinaire, Grasset, 1982 (et Le Livre de Poche).

La Demeure des puissants, Grasset, 1983 (et Le Livre de Poche).

Le Beau Rivage, Grasset, 1985 (et Le Livre de Poche).

Belle Époque, Grasset, 1986 (et Le Livre de Poche).

La Route Napoléon, Robert Laffont, 1987 (et Le Livre de Poche).

Une affaire publique, Robert Laffont, 1989 (et Le Livre de Poche).

Le Regard des femmes, Robert Laffont, 1991 (et Le Livre de Poche).

Un homme de pouvoir, Fayard, 2002.

SUITES ROMANESQUES

La Baie des Anges

I. *La Baie des Anges*, Robert Laffont, 1975 (et Pocket).

II. *Le Palais des Fêtes*, Robert Laffont, 1976 (et Pocket).

III. *La Promenade des Anglais*, Robert Laffont, 1976 (et Pocket).

(En 1 volume dans la coll. « Bouquins », Robert Laffont, 1998.)

Les hommes naissent tous le même jour
I. *Aurore*, Robert Laffont, 1978.
II. *Crépuscule*, Robert Laffont, 1979.

La Machinerie humaine
- *La Fontaine des Innocents*, Fayard, 1992 (et le Livre de Poche).
- *L'Amour au temps des solitudes*, Fayard, 1992 (et le Livre de Poche).
- *Les Rois sans visage*, Fayard, 1994 (et le Livre de Poche).
- *Le Condottiere*, Fayard, 1994 (et le Livre de Poche).
- *Le Fils de Klara H.*, Fayard, 1995 (et le Livre de Poche).
- *L'Ambitieuse*, Fayard, 1995 (et le Livre de Poche).
- *La Part de Dieu*, Fayard, 1996 (et le Livre de Poche).
- *Le Faiseur d'or*, Fayard, 1996 (et le Livre de Poche).
- *La Femme derrière le miroir*, Fayard, 1997 (et le Livre de Poche).
- *Le Jardin des Oliviers*, Fayard, 1999 (et le Livre de Poche).

Bleu, Blanc, Rouge
I. *Mariella*, Éditions XO, 2000 (et Pocket).
II. *Mathilde*, Éditions XO, 2000 (et Pocket).
III. *Sarah*, Éditions XO, 2000 (et Pocket).

Les Patriotes
I. *L'Ombre et la Nuit*, Fayard, 2000 (et le Livre de Poche).
II. *La flamme ne s'éteindra pas*, Fayard, 2001 (et le Livre de Poche).
III. *Le Prix du sang*, Fayard, 2001 (et le Livre de Poche).

IV. *Dans l'honneur et par la victoire*, Fayard, 2001 (et le Livre de Poche).

Les Chrétiens
I. *Le Manteau du soldat*, Fayard, 2002.
II. *Le Baptême du roi*, Fayard, 2002.
III. *La Croisade du moine*, Fayard, 2002.

POLITIQUE-FICTION
La Grande Peur de 1989, Robert Laffont, 1966.
Guerre des gangs à Golf-City, Robert Laffont, 1991.

HISTOIRE, ESSAIS
L'Italie de Mussolini, Librairie académique Perrin, 1964, 1982 (et Marabout).
L'Affaire d'Éthiopie, Le Centurion, 1967.
Gauchisme, Réformisme et Révolution, Robert Laffont, 1968.
Histoire de l'Espagne franquiste, Robet Laffont, 1969.
Cinquième Colonne, 1939-1940, Plon, 1970 et 1980, Éditions Complexe, 1984.
Tombeau pour la Commune, Robert Laffont, 1971.
La Nuit des Longs Couteaux, Robert Laffont, 1971 et 2001.
La Mafia, mythe et réalités, Seghers, 1972.
L'Affiche, miroir de l'Histoire, Robert Laffont, 1973, 1989.
Le Pouvoir à vif, Robert Laffont, 1978.
Le XXᵉ siècle, Librairie académique Perrin, 1979.
La Troisième Alliance, Fayard, 1984.
Les idées décident de tout, Galilée, 1984.
Lettre ouverte à Robespierre sur les nouveaux muscadins, Albin Michel, 1986.

Que passe la Justice du Roi, Robert Laffont, 1987.

Manifeste pour une fin de siècle obscure, Odile Jacob, 1989.

La gauche est morte, vive la gauche, Odile Jacob, 1990.

L'Europe contre l'Europe, Le Rocher, 1992.

Jè. Histoire modeste et héroïque d'un homme qui croyait aux lendemains qui chantent, Stock, 1994.

L'Amour de la France expliqué à mon fils, Le Seuil, 1999.

Histoire du monde de la Révolution française à nos jours en 212 épisodes, Fayard, 2001.

BIOGRAPHIES

Maximilien Robespierre, histoire d'une solitude, Librairie Académique Perrin, 1968 et 2001 (et Pocket).

Garibaldi, la force d'un destin, Fayard, 1982.

Le Grand Jaurès, Robert Laffont, 1984 et 1994 (et Pocket).

Jules Vallès, Robert Laffont, 1988.

Une femme rebelle. Vie et mort de Rosa Luxemburg, Fayard, 2000.

Napoléon

I. *Le Chant du départ*, Robert Laffont, 1997 (et Pocket).

II. *Le Soleil d'Austerlitz*, Robert Laffont, 1997 (et Pocket).

III. *L'Empereur des Rois*, Robert Laffont, 1997 (et Pocket).

IV. *L'Immortel de Sainte-Hélène*, Robert Laffont, 1997 (et Pocket).

De Gaulle

I. *L'Appel du destin*, Robert Laffont, 1998 (et Pocket).

II. *La Solitude du combattant*, Robert Laffont, 1998 (et Pocket).

III. *Le Premier des Français*, Robert Laffont, 1998 (et Pocket).

IV. *La Statue du Commandeur*, Robert Laffont, 1998 (et Pocket).

Victor Hugo
I. *Je suis une force qui va*, XO, 2001 (et Pocket).
II. *Je serai celui-là*, XO, 2001 (et Pocket).

CONTE
La Bague magique, Casterman, 1981.

EN COLLABORATION
Au nom de tous les miens, de Martin Gray, Robert Laffont, 1971 (et Pocket).

Vous pouvez consulter le site de Max Gallo
sur www.maxgallo.com

Composition réalisée par IGS-CP

Imprimé en Espagne par Liberduplex
Barcelone
Dépôt légal éditeur : 49395-09/2004
Édition 01
Librairie Générale Française - 31, rue de Fleurus - 75006 Paris
ISBN : 2-253-06690-7